铅笔潘妮系列

神勇大侦探

[爱尔兰] **艾琳·欧海利** 著

杨华京 译

U0734944

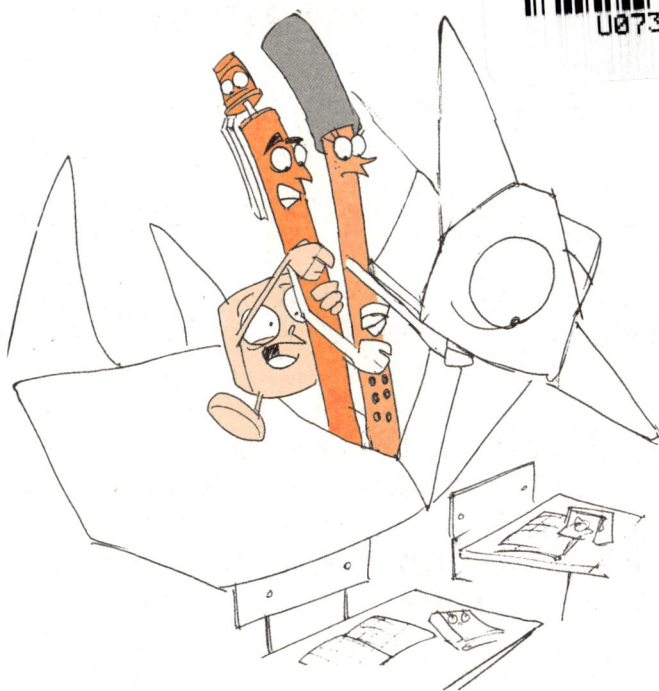

ART TIME
时代出版

时代出版传媒股份有限公司
安徽少年儿童出版社

著作权登记号：皖登字 12181878 号

图书在版编目(CIP)数据

神勇大侦探 /（爱尔兰）艾琳·欧海利著；杨华京译. — 合肥：安徽少年儿童出版社，2019.10（2022.1 重印）
（铅笔潘妮系列）
ISBN 978-7-5707-0483-5

Ⅰ.①神… Ⅱ.①艾… ②杨… Ⅲ.①儿童小说 – 长篇小说 – 爱尔兰 – 现代 Ⅳ.①I562.84

中国版本图书馆 CIP 数据核字（2019）第 115626 号

QIANBI PANNI XILIE SHENYONG DAZHENTAN
铅笔潘妮系列·神勇大侦探

[爱尔兰]艾琳·欧海利　著
杨华京　译

出版人：张堃　　　　策　划：唐　悦　丁　倩　　　　责任编辑：唐　悦
责任校对：江　伟　　　装帧设计：唐　悦　　　　　　责任印制：朱一之
出版发行：时代出版传媒股份有限公司　http://www.press-mart.com
　　　　　安徽少年儿童出版社　E-mail:ahse1984@163.com
　　　　　新浪官方微博:http://weibo.com/ahsecbs
　　　　　（安徽省合肥市翡翠路 1118 号出版传媒广场　邮政编码:230071）
　　　　　出版部电话:(0551)63533536(办公室)　63533533(传真)
　　　　　（如发现印装质量问题，影响阅读，请与本社出版部联系调换）
印　　制:阳谷毕升印务有限公司
开　　本:635mm×900mm　　1/16　　印张:14　　字数:90 千字
版　　次:2019 年 10 月第 1 版　　2022 年 1 月第 2 次印刷

ISBN 978-7-5707-0483-5　　　　　　　　　　　定价:36.00 元

人物介绍

格鲁普

因为受到黑马克一伙的排挤和算计，格鲁普曾被赶出了拉尔夫的笔袋。面对困难他积极应对，终于重回拉尔夫的笔袋。

潘妮

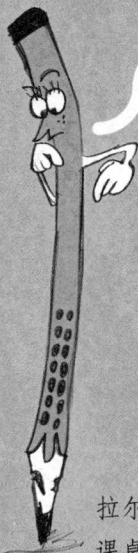

拉尔夫笔袋里的铅笔女孩。她善良聪慧，勇敢而有担当，和伙伴一起与代表邪恶势力的马克笔作斗争。

纸翼龙

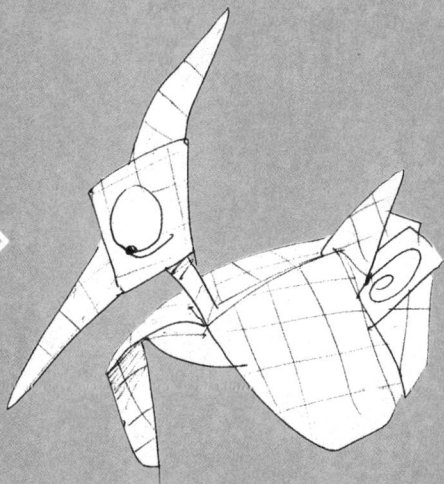

格鲁普发明了纸翼龙，以便拉尔夫的书写用具乘坐，在教室课桌间穿越。事实证明，纸翼龙果然不负众望。

拉尔夫

潘妮的小主人。虽然很贪玩，但他为人正直善良。算术成绩一般，还经常会写出些错别字来，常得到潘妮的帮助。

莎拉

拉尔夫的同桌、好友，每门课程都能拿到"A+"的聪慧女孩。在拉尔夫遇到困难时，她总能运用自己的智慧鼎力相助。

麦克

一支自动铅笔,是拉尔夫妈妈送给拉尔夫的礼物。他外形俊朗帅气,是笔袋里众多铅笔女孩崇拜的大明星。虽然他常对潘妮冷嘲热讽的,但心眼儿不坏。

小不点

潘妮的橡皮朋友,虽然他有些胆小懦弱,但能在特定情况下发挥自己的作用。

波尔特

拉尔夫和莎拉的同班同学,他总爱与拉尔夫和莎拉对着干。

黑马克

拉尔夫笔袋里的恶棍,他专横刻薄,常常把看不顺眼的书写文具驱逐出笔袋,妄图破坏一切良好的秩序,达到自己不可告人的目的。

鲁比

是黑马克的帮凶,一个对黑马克忠心不二、唯命是从的橡皮狗。

目录

第一章

翼龙传奇

　　创意写作课上，教室里静悄悄的。除了孩子们用铅笔在纸上写字发出的**沙沙声**，听不到其他任何声响。

　　孩子们正在埋头苦写，一个个专心又用功，除了拉尔夫。

　　拉尔夫正对着一张白纸发愣，一支铅笔在他指间转来转去。他可根本没想到手中的铅笔一点也不喜欢他这个小动作。铅笔潘妮双臂交叉在胸前，眉毛竖起，不满地瞪着他。

3

坐在拉尔夫旁边的莎拉已经把一页纸写满了。铅笔波莉趁着莎拉翻页的工夫赶紧喘了几口气，转身又投入艰巨的书写任务中去了。

"波莉可真幸运呀！"潘妮羡慕地说道。她紧紧地盯着波莉在纸上翩翩起舞的身影，又巴巴地看着她在身后留下一行行漂亮的字迹。"**快呀**！"潘妮心急火燎，她想对拉尔夫施传心术，"快写点东西出来呀！"

可惜铅笔的传心术在人类身上不起一点作用，拉尔夫丝毫没有反应。索德太太却好像听到了潘妮的叫喊，突然抬起了头。

"哟，糟了。"潘妮小声喊道，只见索德太太从座位上站起来，沿着课桌间的过道走了过来，

在拉尔夫身后站定了。

"拉尔夫,你的脑子里一片空白吗?"索德太太问。

"我什么也想不出来。"拉尔夫愁眉苦脸地说。

"穿裤子的海绵,这个故事怎么样?"索德太太建议道。

拉尔夫皱了皱鼻子。

"小小魔法师?"

拉尔夫摇摇头。

"**星球大战**？"眼看着索德太太快要失去耐心了，拉尔夫的眉头拧在了一块。

　　"我真拿你没办法了！"索德太太两手一摊，转身回到讲台上。

　　看着索德太太快步走远的背影活像一只大鸟在拍打着翅膀，拉尔夫灵机一动——有故事了。

　　拉尔夫握紧潘妮，潘妮兴奋地看着拉尔夫拖动她的小脚在纸面上滑行，在她身后留下了一行行文字。

　　"这是一个阳光灿烂的日子，多么好的天气，上学真可惜啊！"拉尔夫这样写道。

　　"嗯，开头还不错。"潘妮心里默默点评着，不过她跟拉尔夫的想法可不一样，潘妮挺喜欢上学的。

　　"话虽如此，但索德太太班上的学生们全都老老实实地坐在教室里，他们正在上创意写作课呢。"

　　"**噢，天哪**，"潘妮忍不住打了个哈欠，"能不能写点有趣的事情呀。"

"突然，一只异龙……"

潘妮突然愣了一下，她抬头瞧了瞧拉尔夫。"翼龙"的"翼"字可不是这么写的呀！拉尔夫会把错别字改正过来吗？可是拉尔夫没有放下潘妮去拿橡皮，他根本没有注意到这个错误，又自顾自地写了下去。

"一只异龙**呼啸而来**，只见它伸出尖利的爪子，猛地抓起一名学生。"

此时，拉尔夫的灵感喷涌而出，运笔如飞。"可怜的拉尔夫！"眼看着错别字重复出现，潘妮暗自嘟囔着，又忍不住为拉尔夫开脱："最近他的字已经写得很好了。话又说回来，翼龙的'翼'字确实很难写。"

突然，一阵笑声引得拉尔夫和潘妮一同抬起头。莎拉凑到拉尔夫的肩头，正在看拉尔夫的作

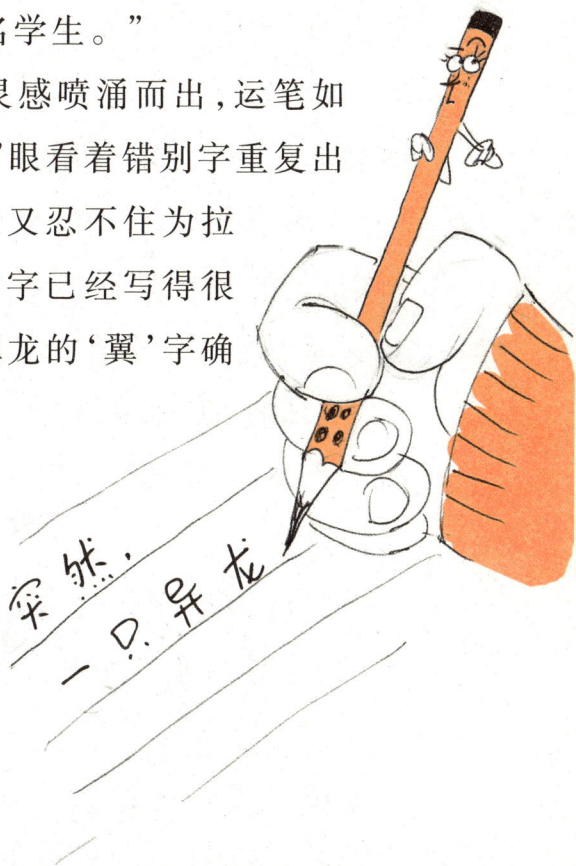

业。她用手捂紧嘴巴，拼命掩盖住笑声。

"笑什么笑，有什么好笑的？"拉尔夫布满雀斑的小脸一下子涨得通红。莎拉的学习成绩远比拉尔夫好。平时，莎拉很注意照顾拉尔夫的自尊心，尽量不在学习上取笑他。不过，看到拉尔夫闹了这样的笑话，莎拉怎么也忍不住了。

"**安静**！"索德太太大喊一声，目光越过眼镜上方，落到拉尔夫身上。

拉尔夫的脸涨得更红了，这下子，原本密密麻麻的雀斑全都不见了。

"对不起，"莎拉一边小心地看了一眼索德太太，一边低声地提醒拉尔夫，"你把'翼龙'的'翼'字写错了。"

"真的？那你说该怎么写？"拉尔夫不由得提高了声调，索德太太凌厉的目光立刻又投到了他们身上。

"自己查字典呀！"莎拉说着，忍不住扑哧一笑，她赶紧用两只手捂住嘴巴，拼命把笑声压了下来。

拉尔夫一把拽过字典，用"已"字做部首查

找这个字。

"'翼龙'的'翼'字不在这里,"拉尔夫不耐烦了,把字典"咚"的一声摔在了课桌上。

索德太太抬起头,狠狠地瞪着拉尔夫:"拉尔夫,你有什么事情想跟大家分享吗?"

"没有,索德太太。"拉尔夫声音小得像只嗡嗡叫的蚊子。

坐在拉尔夫和莎拉身后的坏小子波尔特嘿嘿地坏笑起来。

拉尔夫决定先把怎么写对"**翼龙**"这个问题抛到一边,继续埋头写故事。拉尔夫对故事结局的安排感到很得意:拉尔夫把自己写成大英雄,他单枪匹马、赤手空拳战胜了翼龙,拯救了全校师生……当然除了波尔特——他被这只史前怪物一口吞进肚里去了。

　　"写完故事的孩子,"索德太太说,"把作业交上来,然后把算术课本翻到第 27 页,把第 1 到第 10 题做完。"

　　拉尔夫和莎拉最先写完了故事。交完作业回到座位上的时候,他们发现各自的铅笔全都摊在课桌上,**乱作一团**,拉尔夫的大红字典躺在地上,书页散乱。

　　拉尔夫和莎拉一言不发地看着波尔特。

　　"你在捣什么乱?"莎拉生气地质问波尔特,拉尔夫默默地把字典从地上捡起来。字典里有几页纸变得皱皱巴巴的。

　　"我?"波尔特一副受冤枉的表情,"我可什么也没干。"

　　拉尔夫坐下的时候,波尔特故意用课桌重

重地撞了一下拉尔夫的椅子。

"别理他。"莎拉平静地说。

拉尔夫深吸一口气,开始做算术题。下课铃声响起的时候,拉尔夫的算术作业已经完成了大半。

"好了,孩子们。把书本留在课桌上,吃完午餐你们可以继续做题。"索德太太说。

听完这番话,莎拉一下子就跳了起来。

"拉尔夫,快走,"她急忙催促着,"我的肚子

都要饿扁了！"

"我也是，"拉尔夫回应着，"不过我要等他先走。"

莎拉看了看波尔特，他正慢吞吞地给几支马克笔套上笔帽。

"你瞧，"莎拉说，"教室里只剩他一个人了。要是他敢干什么坏事，一定逃不过索德太太的火眼金睛！"

"那好吧……"拉尔夫不大情愿地嘟囔着，跟莎拉一起走出了教室。

第二章

咬文嚼字
的字典

波尔特和索德太太刚踏出教室门，潘妮就迫不及待地跳到字典身旁。"字典……字典！你怎么样了？"潘妮关切地问。

波莉也从莎拉的课桌上跳到了潘妮旁边。在两支铅笔的注视下，字典慢慢地睁开了一只乌溜溜的眼睛。

"哎哟，"字典痛苦地呻吟着，"吾之脊背甚痛似裂。"

"什么'之'来着，你到底在说什么呀？"潘妮听得**一头雾水**。

"我的背好像断了！"字典没好气地回答。

"噢……"潘妮恍然大悟。

"你能动动脚指头吗？"波莉热心地问。

字典摆出一脸痛苦的表情，顺从地动了动脚指头。

"这就好，"波莉摆出一副很在行的样子说，"要是你的背真断了，脚指头可没法动弹了。"

"我可没说过它真断了，我只是说好……像……断了。"字典咬文嚼字地反驳道。

"对字词的表达还是那么较真，爱钻牛角尖

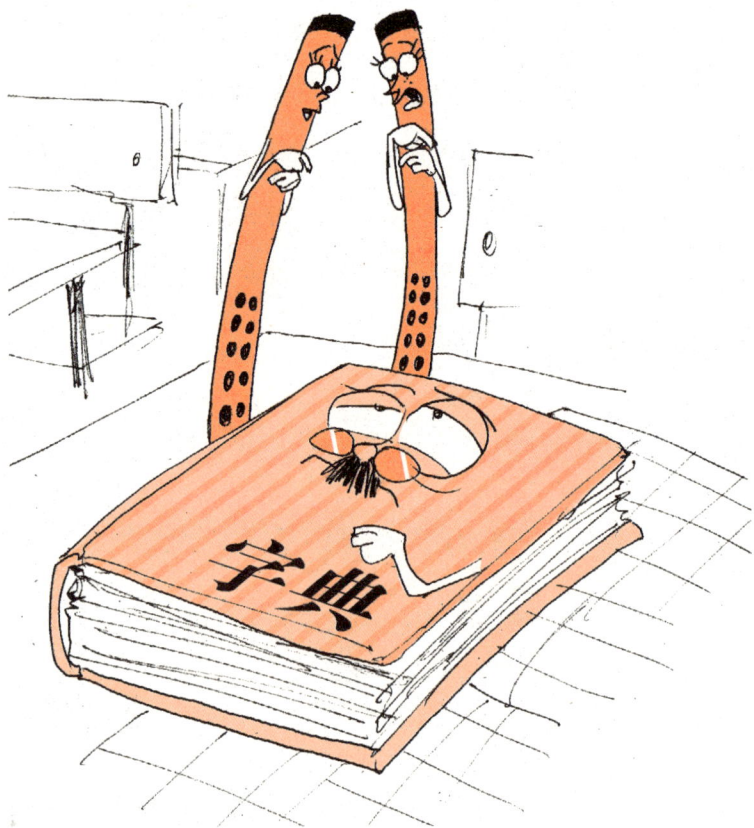

的老字典呀……不管怎么说，只要你好好的就算万事大吉了。"潘妮松了一口气，脸上绽放出一个灿烂的笑容。

"那个坏蛋波尔特又想玩什么鬼花招呢？"波莉问，"自打拉尔夫把他揍哭以后，我一直以为他彻底投降了呢。"

“我本以为拉尔夫的写字水平提高了不少，”潘妮悻（xìng）悻地说，“谁不知道'翼龙'的'翼'字最上面应该是羽毛的'羽'字呀！”

“且慢，天下之事责人易，非己难也。”字典摇头晃脑一本正经地说教起来。

“天下什么来着？”潘妮和波莉齐声发问。

“他是说不要对拉尔夫要求太高，”一瓶修正液摇摇摆摆地走过来凑热闹，“老朋友，你还好吧？”他礼节性地问候了一下字典。

“哼，要是有谁肯花点时间把我完整地读一遍，就用不着劳烦我每回都得把自己说的话重新解释一遍，那我就真叫好了……”字典一肚子怨气，翻着白眼唠叨个没完。不过，潘妮悄悄看在眼里，字典似乎很享受被大家团团围住、备受关注的感觉。这下子字典总算有难得的机会，向大伙儿卖弄他一肚子的学问了！

“格鲁普，你怎么了？”波莉突然注意到修正液皱起了眉头。

格鲁普若有所思地说：“我只是在想，为什么波尔特突然又跟拉尔夫过不去了。”

整个午餐时间，格鲁普、字典和铅笔都在讨论这个问题，交谈虽然热烈，但是结果却是谁也没有理出头绪来。

"波莉，你得回到练习本上去。"格鲁普扫了一眼座钟，细心地提醒了一句。

波莉点点头，**一 蹦 一 跳**地走开了。当她回到莎拉的课桌上时，突然失声惊叫起来。

"出什么事了？"潘妮和格鲁普一边问，一边急匆匆跑过去查看情况。

波莉死死地盯着莎拉的练习本，在莎拉书写整齐的算术题上，覆盖着歪歪扭扭的一行字：

莎拉是个**丑 八 怪**。

格鲁普眉头深锁，陷入了沉思。

"谁会做出这样的事？"波莉含着眼泪问。

"我敢打赌，波尔特一定脱不掉干系！"潘妮气愤地说。

"坚决不能让莎拉

看到这个！"波莉果断地说。

"格鲁普，上课铃声响起以前我们能处理好吗？"潘妮问。

格鲁普看了看索德太太讲桌上的座钟，显示的时间是 13:28。

"午餐时间 13:30 准时结束，"格鲁普说，"我们有整整两分钟时间。"

"根本不够用，"波莉沮丧地说，"我写不了那么快，况且还要算对答案。"

"我算术好，"潘妮自告奋勇地说，"你来写

算式，我来写答案。格鲁普，午餐时间结束的时候，你能想点法子拖延一下时间吗？"

"本人**自有妙计**！"格鲁普成竹在胸，他从莎拉的练习本上撕下一页涂鸦纸，把它折叠起来，又抬头催促着，"你们两个快开始写！"

"5 乘以 4，再除以 2……"波莉边读边写。

"等于 10！"潘妮一边喊出答案一边**飞快地**写了个"10"。

"8 除以 4，再乘以 3。"

"等于 6！"

"16 减 2，再除以 3。"

“啊哦……”潘妮一下子愣住了。

“快点呀！”波莉催促着。

“嗯……我正在想呢！等于4，余数是……2！”潘妮喊出结果的同时，飞快地写下了答案。

“我们根本写不完，”波莉看了看座钟，心急如焚。

铃声响了。

“再写快点！”潘妮催促着波莉。

“再想快点！”

波莉催促着潘妮。

在波莉等着潘妮计算出下一题答案的时候，她向旁边一瞥，正巧看到格鲁普托起了那张被折得怪模怪样的纸。那个折纸看起来很眼熟，好像在哪里见过……

“那是一只……翼龙吗？”波莉**满腹狐疑**地问。

潘妮听到波莉的喊声，不由得停下了书写，抬起头看了一下。

“我觉得挺像的，”潘妮很好奇，“他葫芦里卖的是什么药？”

格鲁普推着纸翼龙跑到课桌边。那些铅笔来不及阻止，眼睁睁看着格鲁普把纸翼龙推下课桌，格鲁普纵身一跳，坐到了翼龙背上。格鲁普刚坐稳身子，纸翼龙便拍着双翅朝教室前方飞去。

"它飞起来了！"潘妮兴奋地高喊着。

格鲁普乘着翼龙靠近打开的教室大门时，翼龙突然不老实了，只见它用力地拍动着翅膀，又连翻几个筋斗，向大门直冲了过去。

"要撞上去了！"潘妮的心揪到了一起。

翼龙朝着大门撞过去的时候，格鲁普死死地抓着翼龙的脖子，大门"砰"的一声关紧了。不过这力道比格鲁普想象的大多了，他一不留神，没抓紧，顺着门板滑落下来，滚到了门板底下。格鲁普胖乎乎的身子卡在了门板和门槛（kǎn）

之间，一动也不能动。

翼龙又扑扇了两下翅膀，向前方俯冲过去，"砰"的一下落在了垃圾桶上方。

"格鲁普！你还好吧？"潘妮一下子乱了阵脚。

格鲁普从门下狭窄的缝隙里艰难地回过头，他看了看潘妮和波莉，眉头紧紧地拧在了一起。

"你们两个不要傻站在那里呀！我辛辛苦苦飞到这里，差点折断了脊梁，可不是为了欣赏你们在课桌上发呆的。赶快写作业呀！"潘妮和波莉交换了一个眼色，拼命加快速度，做起了算术题。

就在这时，孩子们吃饭回来了。他们转动着门把手，想要开门进教室。格鲁普恰巧躺在大门和门槛之间，把门卡得死死的，任凭孩子们怎么推也推不开。

"你们进行得怎么样了？"格鲁普上气不接下气地问，"我不知道……我……还能……支撑多久……"

潘妮和波莉开始做倒数第二题，就在这时，原本吵吵闹闹的教室门口突然安静了下来。一双高跟鞋发出清脆的"咔嗒"声，声音从走廊的另一端传来。

"孩子们，让开点，让我过去，"索德太太说着，伸手抓紧了门把手，同时身子紧紧地顶着门，"只要肩膀再来点力气……"

"**完工**！"潘妮大喊一声。她和波莉立刻按照拉尔夫和莎拉放下她们时的样子回到原位乖乖躺好。格鲁普顺势滚到了一边，只听"轰隆"一声响，门被撞飞了。索德太太因为用力过猛，门开的瞬间来不及站稳，所以重重地扑倒在了地上。索德太太的裙摆飞了起来，蕾丝花边的衬裙和圆点内裤不幸暴露在孩子们面前。

索德太太连忙站起来，装作没事的样

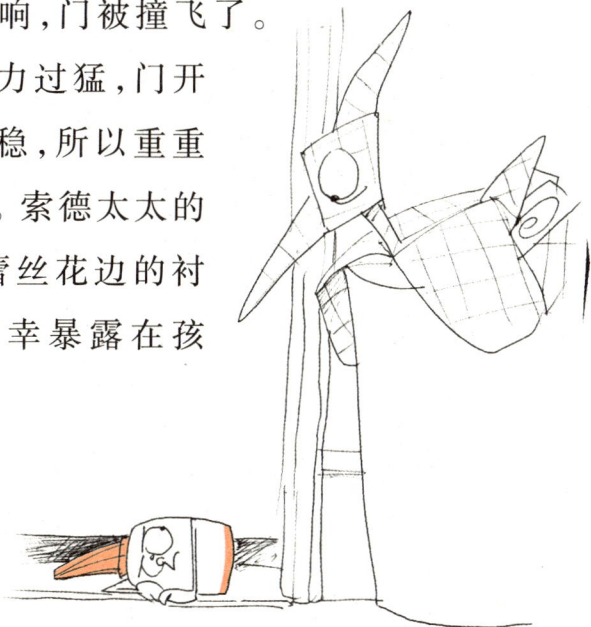

子掸了掸身上的灰尘。接着，她又拍了拍自己的
鬈（quán）发，叫人吃惊的是，索德太太居然从
乱蓬蓬的头发里扯出来一瓶修正液。

"有人丢了这东西吗？"索德太太平静地问，
她说话的口气就好像在一团乱糟糟的头发里找
出一瓶修正液，是全世界最平常不过的事情一样。

拉尔夫瞧了瞧笔袋，翻了翻书本底下，又低

头往地上瞅了瞅,然后高高举起了手。

"拉尔夫,什么事?"索德太太问道。

"修正液是我的,索德太太。"拉尔夫说。

"唔,它可不会长腿走到你那里去。"索德太太说,"自己过来拿吧。"

拉尔夫离开座位,朝索德太太的讲桌走去。趁着这个机会,波尔特伸长了脖子,偷偷**瞄了一眼**莎拉的练习本。

"什么……怎么可能……怎么会只有算术题……"波尔特惊愕地喃喃自语。

"你说对了!"莎拉连忙用手捂紧作业本,理直气壮地说,"你可别想照抄!"

拉尔夫回到座位上以后,莎拉放开了手,长长地松了一口气。

"**怎么了**?"拉尔夫问。

"我……哦……我本来以为午饭前的算术题还没做完呢,"莎拉迷惑地说,"可是,我居然做完了。"

格鲁普狠狠瞪了潘妮一眼,潘妮的脸一下子就红了。

　　"潘妮……"格鲁普刚想张口,拉尔夫便一把抓起潘妮开始做作业。

　　"我一定是昏了头,慌慌张张的,居然忘了我们应该做到哪里算完。"潘妮极力为自己辩解,"不过呀,莎拉每次都会检查一遍作业,这也算不上是我替她做了。"

　　格鲁普还是铁青着脸,一言不发地瞪着潘妮,潘妮却假装忙着做作业,顾不上看他的脸色。

　　"不管怎么说,"潘妮自我安慰地笑了笑,"做算术题可真好玩啊!"

第三章

麦克驾到

放学回到家,拉尔夫一脸兴奋。

"妈妈,您猜猜今天学校有什么好事发生?"

"你来讲,我来听!"拉尔夫的妈妈刚把一盘
饼干从烤箱里端出来,她放下手中的活,就等拉
尔夫开口。

"我的创意写作故事得了个'B'!"

"**好样的**,拉尔夫!"妈妈感到很自豪。

"其实我能拿全优'A'的!"拉尔夫得意扬
扬地吹起了牛。他显然忘了一个事实——到目

前为止，他在创意写作课上还从来没拿过全优呢。"可是索德太太说我的故事写得有点不现实。"拉尔夫的语气中透着一些失望。

"可是，"妈妈很能体会拉尔夫的感受，"这门功课不就是要突出'创意'吗？"

"我也这么认为！"拉尔夫随手拿起一块饼干，美美地啃了起来。

"索德太太觉得你的字写得怎么样？"妈妈又问。

"我只写错了一个字，"拉尔夫嘟嘟囔囔地应付着，他的嘴里塞满了饼干，"就是'翼龙'的'翼'字。不过索德太太说这不要紧，因为'翼'字确实很难写。"

"那倒是。"妈妈转身打开了橱柜上的一个抽屉，平时她是不准拉尔夫随便动这个抽屉的。妈妈从抽屉里拿出个东西，然后飞快地把手藏在了背后，脸上浮现出一个神秘的微笑："最近你在学校表现这么好，我要送你一件特别的**礼物**。"

拉尔夫惊喜得眼珠子都快掉下来了，今天

可真是个好日子呀！拉尔夫快活地在心里打起了算盘：先是创意写作得了个'B'，接着又吃上了美味的饼干，眼下还有礼物拿，好事全凑到一天来了！

"也不是什么昂贵的礼物。"妈妈又说："不过你总是丢三落四的，铅笔、橡皮和削笔刀不知道丢了有多少，要是你只需要管好一样东西的话……"

说着，妈妈从背后抽出手，把一支亮闪闪的黄色自动铅笔递到了拉尔夫的面前。

"哇！"拉尔夫两眼放光，一把抓起了新自动铅笔。

"铅笔上面有一块小橡皮，另外，它也用不着削笔尖。"

拉尔夫一边听妈妈解释，一边不停地点着小脑袋。"笔身一侧还有一个小夹子，你可以把它夹在上衣口袋里……"

"老妈！"拉尔夫不满地白了妈妈一眼，"书呆子才会那么干。"

"这样真的很实用呀……"

"背心也很实用呢。"拉尔夫气哼哼地回了一句，只是没敢大声说。

"你说什么？"妈妈问。

"噢，没什么。我得赶作业了。"

"好吧，快点去吧。六点开饭。"

拉尔夫跑上楼，从书包里取出笔袋和书本。他"唰"的一声拉开笔袋的拉链，所有书写用具立刻停止了聊天，乖乖排成了整齐的队伍。潘妮紧靠拉链躺好，只等拉尔夫一伸手就拿到她。

拉尔夫把手探进笔袋，不过他没有拿起潘妮，而是把她拨弄到了一边，顺手捡起了斯嘉丽——一支红色铅笔。又听见"唰"的一声，拉尔夫拉上了拉链。潘妮和大伙儿全都**惊呆了**。

"我想不明白，"潘妮感到很纳闷，"即便拉

尔夫要画画,他也总是先用灰芯铅笔描轮廓的呀。"

"没准儿他只是涂色。"格鲁普安慰着潘妮。

"就这点作业?"名叫琥珀的橘色铅笔反驳道,"居然用不上我们姐妹?我可不这么想。"

"索德太太额外布置了不少算术作业呢,"矮个子绿铅笔翡翠也凑了过来,"拉尔夫喜欢用斯嘉丽写数字。对吧,琥珀?"

"没错,翡翠。"

"可是如果拉尔夫只用斯嘉丽写数字,那么

谁又来帮他写那些算式呢？"潘妮问。

"我们还是过去看一眼吧。"格鲁普说着，踮着脚尖凑到了拉链口的一个小缝隙跟前。

潘妮和其他书写用具"唰"的一下子在他身后围了上来。他们从拉链的齿缝中向外偷看。这一看，潘妮差点吓晕过去。

"那是谁呀？"

拉尔夫手握一支闪亮的黄色塑料笔，写得正欢。

"那是钢笔吗？"琥珀问。

"拉尔夫还不能用钢笔写字呢。再说了，他留在纸上的是铅笔印，又不是墨迹。"翡翠分析得**头头是道**。

"拉尔夫到底在干吗？"潘妮眼睁睁看着拉尔夫把那支新书写笔倒了个身，拿掉他头上的一个部件，把笔头朝下在纸上一下两下摩擦起来。

"看样子是在用橡皮擦呢。"拉尔夫的新橡皮小不点说。

拉尔夫又把那支笔拿正了，他在笔头上按了两下，又写起了作业。

"我知道他是什么了！"一番观察之后,格鲁普发话了。

书写用具**齐刷刷**把目光投向了格鲁普,异口同声地问:"他到底是什么?"

"自动铅笔。"格鲁普说。

"自动铅笔?"潘妮不解地重复了一句。

"塑料外壳,内含铅芯。"格鲁普解释道,"铅芯变短的时候,只要在笔头上按几下,新的铅芯就会自动吐出来,无须削笔尖,"听到"削笔尖"这三个字,铅笔不由得倒吸一口凉气——"铅芯用光了以后,只要填进去新的铅芯就好了。很多自动铅笔的笔头上还自带一块橡皮。"

"这么说,我被替

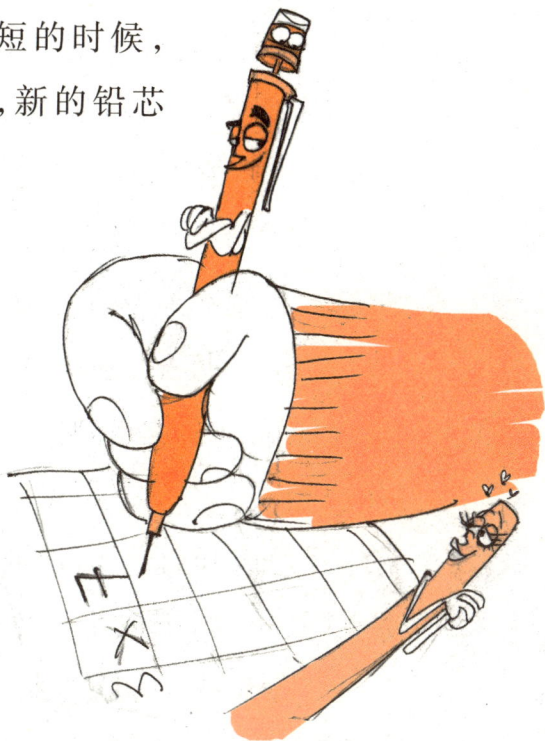

换下来了！"潘妮伤心地说。

"还有我……"小不点声音细小，大伙儿没有听到他的哀号。

其余铅笔无可奈何地摇摇脑袋，默默地从拉链缝隙边散开了。

"**打起精神来**，潘妮！"格鲁普安慰道，"跟那支自动铅笔相处的日子还长着呢。"

他轻柔地把潘妮从笔袋缝隙间拽走了，只留下小不点独自守望的寂寞身影。

临睡前，书写用具照例聚在一起喝热巧克力饮料，就在这时，拉链"唰"的一声被拉开了，光线一下子就倾泻进来。一道黄色的闪电闯进笔袋，又慢慢地落在了潘妮和格鲁普中间。

"各位朋友，别来无恙！"这道闪电渐渐现形，原来他就是拉尔夫今晚写字时用的亮黄色自动铅笔。"本人大名麦克是也，游戏文字江湖。"他故作深沉地吟诵了两句，又彬彬有礼地脱帽致礼，帽子底下赫然露出一小块白橡皮。

"还有我，我是小麦克。"那只小白橡皮细声细气地说。

"别闹了,孩子。别把发型给弄乱了。"麦克一边说一边疼爱地拍了拍头上的小块白橡皮,他灿烂一笑,露出一口整齐雪白的牙齿。铅笔姑娘们见此情景,不禁**心醉神迷**,对他格外热情。只有潘妮冷眼旁观,不买他的账。

麦克注意到潘妮眉头紧锁,一脸不高兴的样子,反倒对她格外关注起来。

"啊,这里还有个犟(jiàng)妞。有个性,我喜欢!"麦克油腔滑调,脸上的笑容越发灿烂,一口皓齿洁白闪亮。

潘妮一脸厌恶地瞪着他。

"啊,我明白了,"麦克说,"您曾经是这里的一号人物,如今小主人更愿意用我这塑料的佼

佼者写字，惹您不高兴了。我坦白地告诉您，女士，您一手遮天的写字时代结束了。孩子们一旦有了我，就再也不会走回头路了！"

"噢，真的吗？"潘妮不以为然地**反诘**（jié）了一句。

"千真万确。这种事，我见过不下几百回了，小木头枝儿，告诉你吧，从今往后，你的最大用处就是涂色了。"麦克说着，满脸堆笑地在一大群彩色铅笔面前炫耀卖弄，"这就是木头铅笔的出路。所以说……女生们啊……"其他彩色铅笔被这一番长篇大论迷得神魂颠倒，唯有潘妮气得浑身发抖，怒火在她胸中燃烧。

"这种事你见过不下几百回了，对吧？"潘妮挑衅道。

"当然！"麦克**漫不经心**嚼着口香糖，又冲彩色铅笔看了几眼。

"你有过几个主人？"潘妮又问。

"哦，就外面那个红发小家伙，拉塞尔，是吧？"麦克不以为然地说。

"他叫拉尔夫！"潘妮忍不住咆哮起来。

"哦,对。拉尔夫,就是他。"麦克挤出了一个笑容,笑得却没先前那么灿烂了。

"麦克,我问你,你会写拉尔夫的名字吗?"潘妮毫不客气地追问道。

"够了,够了,"格鲁普赶紧凑过来打圆场,"三更半夜的,折腾什么写字比赛呀。拉尔夫恐怕早就上床了,我想我们大家也该早点歇息了。"

"好,睡觉就睡觉,"麦克顺势给自己一个台阶下,"问题是我该睡哪儿呢?"

"到我这儿来,到我这儿来!"彩色铅笔姑娘们顾不得矜持,争先恐后地向麦克发出邀请。

潘妮冷眼看着,瞧着那些铅笔姑娘一脸崇拜地**团团围住**麦克,心里突然觉得很失落。看来,不光拉尔夫喜欢麦克超过了自己,就连那些彩色铅笔也把麦克捧上了天。

"别垂头丧气,潘妮,"格鲁普好像看透了她的心思,给她打气,"快去睡吧。明天又是新的一天,一切都会好起来的。"

潘妮点了点头,一声不吭地躺下了。可是她

翻来覆去，怎么也睡不着。麦克闪亮的塑料皮肤让她想起了另一个同样拥有塑料皮肤的家伙——她这辈子都不想再见第二回的又黑又亮的恶魔。一想起那位劲敌，潘妮就不由得打了个寒战。她思前想后好几个小时，也不知道什么时候，才慢慢进入了梦乡。

第四章

弃儿潘妮

第二天早晨,潘妮一觉醒来,觉得心里堵得慌。通常在上学的日子里,潘妮一大早就会把铅笔姑娘们集合起来,检查大伙的笔头是不是都被削得**尖尖的**,确保大伙能帮助拉尔夫完成功课。今天,她却无精打采地赖在床上,什么事情都懒得干。就在拉尔夫把笔袋从书包里取出来的时候,潘妮突然来了精神,她一下子跳起来,想要站在拉链旁边她常待的老位子上。

　　事情有些不对头。要是在以前,铅笔和蜡笔都会自动给潘妮让出一条道。可是今天,他们似乎故意跟她对着干,就是不肯给她让路。

　　"让我过去!"潘妮着急地叫喊起来,"拉尔夫就要打开笔袋了,我得准备好!"

　　"那么着急干吗?"一支年迈的粉色蜡笔慢悠悠地说,"拉尔夫周四下午才上绘画课呢。"

　　"管他什么绘画课!"潘妮气愤地嚷嚷,"我是一支正经写功课的铅笔,才不是没脑子的涂色棒……"

　　话一出口潘妮就后悔了,可是已经晚了,所有的彩色铅笔立刻停止了聊天,冷冷地逼视着她。她们板着脸，脸上一丝笑意都没有。

"**糟了**……"潘妮自言自语道，"我……我不是那个意思。我……我不是想说你们都是没脑子的涂色棒——我刚刚真这么说了吗？"

"好了，好了，姑娘们，心胸放宽广点，别跟她计较。"一个低沉的声音突然在潘妮身边响起。

潘妮转过头，看到那支亮黄塑料铅笔神气活现地走到她前面。她突然明白过来，为什么大清早就觉得心里堵得慌。

"别太苛刻，木头枝儿。有些人呀，总要花点时间才能适应，正视自己失去大明星头衔的现实，因为别人抢了她的风头嘛！"麦克眉飞色舞地发表了一通演说。

"你说什么？"潘妮一头雾水地问。

"**大明星**，也就是铅笔之星。铅笔之星曾经是你，不过风水轮流转，现在轮到我当大明星了。"麦克得意地说。

"哦，这样呀？等你把拉尔夫的名字写成'拉塞尔'的时候，我们倒要看看拉尔夫还喜不喜欢你这位'大明星'……"潘妮毫不示弱地反驳道。

　　"好了，好了，"格鲁普发话了，口气不容反
驳，"新的一天可不应该是这样开始的。你们两
个就不能休战一分钟，排好队吗？"

　　潘妮和麦克这才**不情愿**地钻进铅笔的队
伍中，可暗地里他俩都想要抢占靠近拉链的绝
佳位置。等拉尔夫拉开拉链，潘妮紧紧闭上了眼

睛，心里默念着："选我，选我，选我。"可是铅笔的传心术对拉尔夫不起任何作用，等她再一次睁开眼睛，才发现麦克被拉尔夫捏在拇指和食指指尖，正从拉链口缓缓升起。好像为了气她一般，麦克还冲她敬了个礼。潘妮感到有什么东西在她脚下挤来挤去，她低头一看，发现橡皮小不点一个劲地朝拉链口蹭。

"让我过去，让我过去！"小不点小声嚷嚷着，"要是那个蠢材包揽了所有功课，拉尔夫很快就用得上我了！"

潘妮朝一边让了让，这下子她和小不点都

能透过拉链开口处的缝隙向外窥视了。

"简直不敢相信,他这么快就出错了!"潘妮**幸灾乐祸**地说,她发现拉尔夫突然停下了笔。

"哈,太棒了!轮到我上了!"小不点兴奋得又唱又跳。

让他们意外的是,拉尔夫没有放下麦克,也没有从笔袋里取出小不点,他只是摘掉了麦克的帽子,把麦克头朝下按在纸上,用他头上的橡皮小麦克把错误擦得一干二净。

小不点看到这一切,几乎要哭出来了。

"怪难受的,是不是?"潘妮的声音中充满了苦涩的滋味。

潘妮和小不点落寞地坐在笔袋的角落里,

其他书写用具却像过节一般，兴奋地**奔走相告**。

"瞧麦克写字的模样，帅呆了！"

"他时髦又闪亮！"

"我简直不敢想象，拉尔夫要是没了他可怎么办！"

"铅笔橡皮合二为一，多有智慧呀！"

"他根本用不着……削笔尖！"

"他会凌波微步吗？"潘妮反唇相讥，"最起码我们木头铅笔个个都会水上漂！"

"潘妮，你有什么不满的？"琥珀一脸**鄙视**地看着潘妮，"当一支没脑子的涂色棒，让你觉得不爽了？"涂色铅笔都窃笑起来。

"放过她吧！"一个洪亮、富有权威的声音突然响起，原来是格鲁普。"你们不会都忘了吧，潘妮是降落到我们这只笔袋里的天使。潘妮到来之前，拉尔夫字写不好，算术也做不好。你们还要我再提醒一次，以前黑马克控制了整个笔袋时的情形吗？"

听了这话，本来还在嘲弄潘妮的彩色铅笔，立刻唯唯诺诺地退到了一边。格鲁普在潘妮和小不点的身边坐了下来。

"黑马克是谁？"小不点细声细气地问。

"噢，"格鲁普轻描淡写地说，"你当然不知道他是谁。事情发生的时候，你还没来呢。"

"潘妮到来之前，一支名叫黑马克的邪恶记

号笔一手遮天,统治着整个笔袋。他专横刻薄,还常常把看不顺眼的书写文具驱逐出笔袋。"

"**驱逐**?"小不点不明白这是什么意思。

"就是把你从笔袋里扔出去,永远也不准你再踏进笔袋一步。"潘妮解释道。

"听起来真可怕,"小不点忍不住打了个寒战,"笔袋怎么会被这样一个坏蛋给控制了呢?"

"他用尽了卑劣的手段。"格鲁普说,"黑马克出现之前,笔袋跟现在差不多。笔袋里**干净整洁**,铅笔的笔尖都削得尖尖瘦瘦,大家和睦相处,一心一意想要帮助拉尔夫做好功课。"

"后来呢?"小不点好奇地追问。

"好景不长,大难临头。"格鲁普说,"从一开始我就发现黑马克心怀鬼胎。我留心他的一举一动,可是他太狡猾了。黑马克故意弄出许多错误,拉尔夫就得不断地用我来涂掉那些错误。就这样,我变得越来越虚弱。后来,趁我没有防备的时候,黑马克突然篡权。他和手下的马克军团,还有那块邪恶的橡皮鲁比控制了局面,他们横行霸道，可怜大家都生活在他们的淫威之下，每天都提心吊胆。"

"邪恶的橡皮鲁比？"小不点问，"大家不喜欢我是因为他吗？"

"他们不是因为他才不喜欢你的。"作为"过来人"，潘妮对新人的遭遇很理解，"他们只是跟你还不熟。"

"他们跟麦克也不熟呀，大家都还那么喜欢他！"小不点悻悻地说。

"麦克是个特例，明白吗？"格鲁普不容潘妮张嘴，抢先发话。

"黑马克后来怎么样了？"小不点又问。

"潘妮来到笔袋以后，黑马克变得更加刻薄、**邪恶**了。他布置了陷阱，故意诱她掉进去，后来把她也驱逐出了笔袋。"

"驱逐？"小不点大吃一惊，"就是你说的再也不能回来了吗？"

"就是这个意思，"格鲁普说，"不过潘妮遭受的是不公正的待遇。"

"可是，你是怎么回来的？"小不点扭头问

潘妮。

"**说来话长**,"潘妮说,"简单地说,少不了满地乱滚、飞越石阶,跟着车轱辘经受一番天旋地转,最后,还要多亏了拉尔夫最要好的朋友莎拉帮了我一把。"

小不点听得嘴巴都合不上了,脸上写满了崇拜。

"你回来以后,黑马克怎么样了?"小不点又问。

"他不在了。"潘妮含笑看着格鲁普。

"发生什么事了?"小不点的目光在潘妮和格鲁普之间扫来扫去,好像在观看一场网球比赛。

"我驱逐了他。"格鲁普说。

"你驱逐了他?"小不点不敢相信自己的耳朵。

"是的,"格鲁普沉着地回应着,深深吸了一口气,又缓缓吐了出来。

"他现在去哪儿了?"小不点问,"他还会回来吗?就像潘妮一样?"

"我觉得不大可能，"格鲁普说，"就算他真的有胆回来，大家也不会欢迎他。没了他，书写文具都过上了好日子，大伙整天乐呵呵的。"

"邪恶的鲁比和马克军团呢？"小不点又问。

"鲁比追随黑马克去了，他是罪有应得。我们再也没有见过那两个**恶棍**，"格鲁普回答，"至于马克军团，他们都还住在笔袋里。没了黑马克的恶劣影响，他们都变得友爱、善良了。"

"哇！"小不点从心底发出一声惊叹，"如今这位麦克先生登场，我们又会面临什么样的命运呢？"

"还能干什么，都去乱涂鸦呗！"潘妮抱怨了一句。

"别把事情想得那么糟，"格鲁普说，"你可以抓住机会好好练练，把画画好呀。"

"这样的话，我每周只能有一次出场机会了！"潘妮哀叫着。

"这也意味着你用不着经常削笔尖了。"格鲁普意味深长的一句话让垂头丧气的潘妮顿时开心起来。

"我怎么从来没这么想过呢……"潘妮突然觉得心情大好。自打麦克入住笔袋以来，潘妮第一次绽放出了灿烂的笑容。

第五章

麦克的尴尬

在接下来的几天里，因为无事可做，潘妮、格鲁普和小不点玩得很开心。虽然潘妮、格鲁普跟他们的新朋友小不点每天都有新鲜事可干，但潘妮偶尔还是会想念跟波莉天南地北地侃大山的时光，她还是忍不住想打听拉尔夫和莎拉的功课情况。

星期三下午，潘妮怎么也憋不住了，她把自尊心咽进肚子里，从拥挤的彩色铅笔群中一路挤了过去。潘妮**打定主意**，要扮演一次粉丝，奉承麦克一下。

麦克注意到潘妮一脸严肃，突然出现在他的粉丝群里，他的脸上立刻多了一份光彩。

"哟，哟！"麦克咂舌惊叹，紧盯着潘妮，"看样子前任大明星也不是那么清高，那么难以亲近的嘛。"

潘妮硬挤出了一个微笑。彩色铅笔全都冷冷地看着她。

"哦，告诉你，最近我忙着练习涂色技巧，要为明天的绘画课做准备，"潘妮紧张地说，"麦克，你怎么样？最近都在忙什么？"

　　"**瞧呀**，她对你嘘寒问暖，我早说过她也喜欢你！"麦克脑袋上响起了一个清脆、细小的声音。

　　"嘘！"麦克连忙喝住头上的小麦克。

　　"噢，老样子，老样子，"麦克**敷衍**地应了一句，表情显得有些尴尬。

　　"有什么好玩的事情吗？比如乘除法、地理

小测试或者诗歌创作什么的？"潘妮赶紧问。

"当然有了！五花八门，什么都得干。那个叫拉塞尔的男孩……"

"是拉尔夫！"一股火苗立刻蹿到了潘妮的脑门上，她费了很大力气才把怒气给压下去。

"哦，是的，拉尔夫。我觉得他把拉塞尔写得可真够怪的……"麦克有些心不在焉。

"他怎么样了？"潘妮问。

"谁？"麦克漫不经心地问着，一个劲儿地冲着潘妮卖弄他招牌式的灿烂笑容。

"拉尔夫！"潘妮紧咬牙关，免得自己一不小心又尖叫起来，"我等着你聊拉尔夫的事情呢。"

"噢，好的，好的，"麦克答应着，神情突然变得很严肃，"我看我们还是私下里聊这件事比较好。"说着，他神色不定地看了看那一大帮彩色铅笔粉丝团，只见她们个个高竖着耳朵，急着想听麦克细说下文。

"**抱歉**，女士们，失陪一下！"麦克不失风度地对彩色铅笔招呼着，"我们这会儿有点无聊事需要私下里谈。诸位千万别走远！"

麦克热情地招呼着他的粉丝们，顺势把一只手搭在了潘妮的肩膀上，领着她走到了笔袋里安静的一角。

"什么事？"潘妮问着，心头一紧，担心拉尔夫出了什么大事。

"我不想在我的粉丝面前说这些，这算是私事，"麦克吞吞吐吐地说，"拉尔夫他……他……"

"拉尔夫他怎么了？"潘妮紧张地问。

"他的手心总是汗淋淋的，"听麦克的语气，好像在谈论一种叫人特别恶心的疾病。"他这样子，我免不了要打滑，很难站直。你平常怎么应对出汗这种事？"麦克有些难为情。

"我从来没有留意过这个问题，"潘妮如实回答。

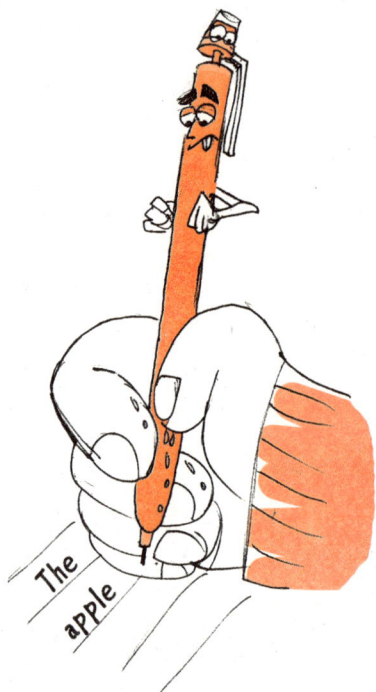

"哦,"麦克想了想说,"这大概跟吸水性能有关。你是木头做的,所以能吸汗。可我是用塑料做的,那些汗珠子只能顺着我的身子流到脚上。对了,你觉得我的脚会不会太粗了?"

　　"我们不是正在讨论拉尔夫的事吗?"潘妮**直眉瞪眼**地看着麦克,掩饰不住一脸的厌恶。

　　"是,是,那讨厌的汗珠子,"麦克皱了皱眉头,"嗯,我想,什么东西吸汗最管用?我一想,立刻有了主意:锯末!然后我又想,到哪里能整点锯末出来呢?这么一想,又有了主意!你能不能帮我一把……"

　　"帮你?怎么帮?"潘妮一脸的

狐疑。

"你是什么做的？"麦克得意扬扬地发问。

"木头。"潘妮**老老实实**地答道。

"锯末又是打哪儿来的？"麦克继续追问。

"木头……"潘妮支支吾吾地答着，心里暗暗觉得不妙。

"完全正确！所以我想，削笔尖的时候，你能不能把身子上掉下来的锯末……"

"你可真会开玩笑！"潘妮忍不住大喊起来，惹得书写用具全都好奇地向这边看过来。潘妮赶紧压低了嗓门，生气地说："你知不知道削笔尖到底是什么意思？"

"哦，这个嘛，不就是削笔尖吗！我是一支自动铅笔，"麦克一脸无辜，"再说了，这有什么大不了的？削个笔尖，你的脚会变得又尖又细，我也能得到些锯末嘛……"

"你有胆再跟我提一次削笔尖！"潘妮气愤地**嚷嚷着**，扭头就要走。

麦克在她背后大喊："不怕告诉你，你不舍得给我，后面还有一大群铅笔蹦着跳着要争抢

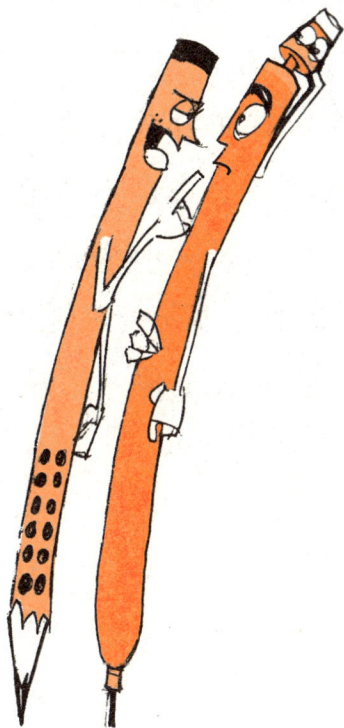

这个好机会呢！"

潘妮猛地转了个身，站在了麦克的面前，因为挨得太近，所以他们的眉毛几乎碰在了一起。

"你敢！你明知道她们对你着了迷！别把你刚刚用在我身上的鬼花招用在她们身上！这样既没风度又没品行！"潘妮气愤地说。

麦克张了张嘴想要抗议，潘妮**凶巴巴**地竖起一根手指,示意有话没讲完。

"要是你没办法应付拉尔夫的手汗,就应该把那只汗手让给有能力对付的大明星!"扔下这句话,潘妮迈开大步,头也不回地走掉了。

"你是前大明星,木头枝儿。前……大明星!"麦克恼怒地在潘妮身后咆哮。

可是潘妮连回头瞪他一眼都不屑。

第六章

新友旧敌

第二天早晨一觉醒来，潘妮感觉**心情大好**，容光焕发。自打麦克入住笔袋以来，潘妮难得这么清闲。要到下午才上绘画课。整整一个上午，潘妮坐立不安。午餐后，上课铃声一响，潘妮立刻挤到拉链口，焦急地候在出口。这一等可让她费了不少的心……一直到绘画课结束，笔袋才被打开。潘妮急着把脑袋往外探，她的脑门差点跟两排雪白闪亮的牙齿撞到一起。

"木头枝儿，你好呀！"麦克热情地招呼着，"美女在拉链口苦苦等我，被我抓了个正着不是？"

"才不是呢！"潘妮没好气地回了一句，扭头就要走。

"上绘画课的时候，我倒是在想你呢。"麦克赶紧冲她大喊。

"是吗？"潘妮一脸的不相信。

"这还能有假啊！"麦克顺势打开了话匣子："这是我有生以来上过的最最无聊的一门课！索德太太拿出炭画笔让孩子们用，就连我也得靠边站。没想到呀，没想到，竟然有一门课，连我这位大明星也派不上用场！"

"你的心情一定糟透了吧？"潘妮故意挖苦麦克。

"不过，这件坏事倒也有好的一面呢。"麦克突然**话锋一转**，慢悠悠地说。

"还会有什么好的一面？"潘妮没好气地问，"恐怕那些高深的算术呀写字呀什么的，累坏了您老的身子骨，您老大概需要喘口气吧？"

"你倒是提醒了我，今天早上历史试卷上的对错题可真够费脑筋的……"麦克愁眉苦脸地说。

潘妮翻了翻白眼，想要走开。麦克像一道亮光闪过，拦在了她面前。

"嘿，别急着走。其实我有话要对你说！"麦克的语气显得很诚恳，"我躺在课桌上，眼瞅着拉尔夫手拿那支炭画棍子**傻里傻气**地乱画一气，把纸上、手上弄得一塌糊涂，我就忍不住想开了——其实我就是那支傻里傻气的炭画棍子呀！那孩子要写字，不应该用一支连他名字都写不对的家伙，你才是他最理想的选择！"

潘妮简直不敢相信自己的耳朵。

"我真心想说的是，对不起。握手言和，能当好朋友吗？"麦克说着，伸出一只手。

潘妮握住他的手使劲摇了几下。

"好朋友。"潘妮"扑哧"一声笑了。

就在这时，一堆彩色铅笔"呼啦"一下拥了上来，**叽叽喳喳**吵闹着把麦克卷走了。潘妮

赶紧跟格鲁普分享这个好消息——她和麦克化敌为友了！

话没说上一会儿，他们的交谈突然被一阵叫嚷声打断了。

"她在那儿！"琥珀嚷嚷着，气势汹汹地冲了过来。翡翠紧跟在琥珀身后，押着小不点。

"快过来！"翡翠粗暴地推了推小不点，"坦白承认吧，是她指使你干的！"

"指使他干什么？"潘妮愣住了。

"别装蒜了，好像你什么都不知情似的！"琥珀冷言冷语地说，其他彩色铅笔"呼啦"一下都围了上来，个个怒气冲冲。

"到底是什么事啦？"潘妮抓狂地顶了回去。

"拉尔夫的历史测试**没及格**！"彩色铅笔一起声讨。

"我已经好几个星期都没有迈出过笔袋一步了呀！"潘妮说，"我对历史测试的事一点儿也不清楚。"

"她撒谎！"翡翠大叫。

"女士们，请冷静一下！"格鲁普说，"你们到底在控诉潘妮和小不点什么？"

"潘妮急着要把麦克赶出笔袋，她指使小不点把拉尔夫历史卷子上的答案擦得一个字都不剩！"

"你说什么？我干了什么？"潘妮震惊了。

"我一直在跟你们解释，她跟这件事一点关系都没有。我也是清白的。"小不点委屈地说。

"请安静！"格鲁普举起双手，示意大家静下来，"谁能站出来证明这个荒唐的指控，有人证吗？"

"人证倒是没有，"琥珀有些**心虚了**，"不过麦克说拉尔夫把历史卷子交上去的时候，已经把答案都写满了。"

"等索德太太把卷子发下来的时候，"翡翠

接着说,"卷子上有一个大大的绿色的'F'字样,卷子上的答案有一半不见了!"

"看来的确有人把答案给擦掉了。"格鲁普说。

"**确实如此**!"琥珀高声应着。

"你凭什么认定是小不点干的?又凭什么咬定是潘妮指使他干的呢?"格鲁普问。

"这不是明摆着的吗?"翡翠口气强硬,"小不点是橡皮,潘妮和小不点是好朋友。潘妮又讨厌麦克。"

"我不讨厌麦克。"潘妮说。

"说得对。我们现在是好朋友了。"麦克高声吆喝着，从围观的人群中挤了过来，"女士们，要是你们没意见的话，请让我自己来处理这件事吧。"

麦克把翡翠按在小不点肩膀上的手指掰开，然后驱散了围观的彩色铅笔。

"先是莎拉的作业本，现在又是拉尔夫的历史卷子。事情有点不对头。"格鲁普陷入了沉思。

"要我说，黑马克一定是幕后黑手！"潘妮说。

"**黑马克**是谁？"麦克问。

"就是笔袋里最邪恶、

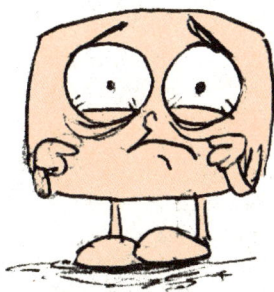

最无耻、最卑鄙的书写用具。"听小不点的口气，好像他在黑马克那里受了莫大的委屈一般。

"好，我会留个心眼的。"麦克说。

第七章

历史练习本
的厄运

　　科学课上，麦克忙得焦头烂额，根本没心思留意黑马克。拉尔夫对科学不怎么在行，这还没完，拉尔夫的手偏偏又湿又滑，麦克一不留神就会从他手心里滑落出去。

　　索德太太在两列课桌之间穿梭，给孩子们分发历史练习本。

　　"**很好**，莎拉。"索德太太经过莎拉和拉尔夫的课桌时，夸赞了一句。莎拉飞快地打开练习本，一眼就看到了又大又醒目的"A+"。

"奶奶一定会很开心的，"莎拉乐滋滋地说，"拉尔夫，你得了什么？"

拉尔夫还没来得及回答，波尔特突然剧烈地咳嗽了几声。

"我不知道。索德太太没把练习本发给我。"拉尔夫不理会波尔特。

莎拉举起了手。

"莎拉，请讲。"索德太太说。

"您忘了把拉尔夫的练习本发给他了。"莎拉说。

拉尔夫的脸一下子红了。

"我保证不会忘了他，"索德太太**不动声色**地说，"下课后请拉尔夫到我这里来一趟。"

拉尔夫和莎拉不知是福是祸，他们惴（zhuì）惴不安地互相交换了一下眼色。

波尔特偷偷坏笑了几声。

"好了，孩子们。下课铃声就要响了。你们可以收拾书包了。拉尔夫，你不能走。过来，到我的讲台前等着,我会把练习本还给你。"索德太太严肃地说。

拉尔夫一头雾水地走到索德太太的讲桌前,眼看着同学们陆续走出教室。

"我在校门口等着你。"莎拉说。

"我也在校门口等着你。"波尔特捏着嗓子,**阴阳怪气**地模仿莎拉说话的腔调。

拉尔夫狠狠瞪了波尔特一眼,他只能默默地祈祷,在索德太太训话的时候,莎拉那边不会出什么事。

"好了,拉尔夫,说说看吧。"索德太太说,"我到底哪里惹着你了?"

"哦,您没哪里惹到我啊。"拉尔夫说。

"你觉得历史课很难吗?"索德太太又问。

"跟其他科目也没多大区别。"拉尔夫迟疑

地说。

　　“你该不会觉得这是一门愚蠢的学科吧？”索德太太紧紧逼问着，嗓门抬高了不少。

　　“没觉得……”拉尔夫喃喃道。

　　“你觉得教历史课的老师是个大笨蛋吗？”索德太太抑制不住激动的情绪，声音变得尖锐起来。

　　“可是……历史课老师就是您。不，我不觉得，您不是大笨蛋。”拉尔夫赶紧补上一句，心头涌起一阵不安。

　　“那你为什么要在作业本上写这个？”索德太太高声嚷嚷着，气愤地把拉尔夫的练习本重重地摔在了讲桌上。

　　练习本的封面上，有人用黑色马克笔赫然写下一行字：“索德太太是个**大笨蛋**。”

　　“可是……可是……这不是我写的！”拉尔夫急得话都说不清楚了。

　　“哦，是吗？它是自个儿跑出来的，对吗？”索德太太也急了。

　　“我不知道它是怎么出现在上面的，可我就

是没有写。"拉尔夫坚决不认账。

　　"好，你喜欢写是吧，今天我让你写个够！"索德太太说着，拿起一根粉笔在黑板上写下一行字：叫别人大笨蛋是不礼貌的行为。

　　写完以后，索德太太扭过头。

　　"现在轮到你写了。把这句话在你的练习本上写一百遍。写不完不准回家！"

　　"可是我……"拉尔夫急着想要辩解。

"没什么可是，"索德太太粗暴地一挥手，一副不容辩解的口气，"只管写，少啰唆！"

　　拉尔夫**垂头丧气**地走到座位上，打开麦克的笔帽，不管用得着用不着，他狠狠地在麦克的脑袋上按了几下，开始抄写。

　　莎拉左等右等，就是不见拉尔夫从教室里走出来。就在莎拉想要放弃等待的时候，拉尔夫带着一脸的疲惫和难过突然出现在大门口。

　　"出什么事了？"莎拉问。

　　"有人，"拉尔夫愤恨地说，"在我的历史作业本上**乱涂乱画**。"

　　"他写了什么？"看着拉尔夫难过的样子，莎拉猜也不用猜，就知道那坏蛋一定没干好事。

　　"他写了'索德太太是个大笨蛋'！"拉尔夫一边说，一边把作业本抽出来给莎拉看。

　　"那你为什么这么晚才出来？"

　　"因为索德太太认为是我干的，"拉尔夫气愤地说，"所以她要我把'叫别人大笨蛋是不礼貌的行为'写上一百遍才能回家。"

　　"唉！"莎拉同情地叹了口气。

　　"她还要我把作业本和罚写一百遍的句子拿给妈妈看，又写了张纸条要我给妈妈签字。"

　　"可这根本就不是你的字迹呀……"莎拉说。

　　"就是呀！"拉尔夫闷声闷气地应着。

　　"哼，要是索德太太以为就是你在自己作业本上写了她的坏话，那她还真是一个**不折不扣**的大笨蛋。"莎拉说。

　　"嘘，她来了！"拉尔夫话音刚落，前门就开了，索德太太迈着轻快的步子走了过来。

"我敢打赌，波尔特跟这件事脱不了干系。"莎拉说。

"我也这么觉得，"拉尔夫点点头，"可是我们怎么才能证明是他干的呢？"

"波尔特跟你、我还有索德太太真不一样，他确实坏透了。"莎拉说，"等着吧，迟早他会露馅儿的。等他一露出马脚，我们就立刻揭穿他。"

"好！"拉尔夫一扫低落的心情，快活地咧开了嘴。

"不过今天晚上我得让老妈在索德太太的纸条上签字，这可**不 大 妙**。"想到这些，拉尔夫不禁心情烦闷，他垂着脑袋和莎拉一同走回了家。

"你知道最蠢的事情是什么吗？"拉尔夫问。

"是什么？"莎拉问。

"我连一支黑色马克笔都没有。我的那支笔丢了已经有好几百年了。"

"是啊！"莎拉眼睛一亮，"你跟索德太太说了吗？"

"她什么话都不听。"拉尔夫说着,模仿起索德太太的语调:"只管写,**少啰唆**!"

"嗯,"莎拉想了想,说,"我想至少你妈妈会相信你。她知道你有**丢三落四**的毛病。"

"是啊,"拉尔夫脸上又有了光彩,"她老这么说我。所以她才送了我一支自动铅笔。"说到这儿,拉尔夫才想起来他还没有把麦克放进笔袋里,"没准儿我根本就不会有麻烦。"

那边莎拉和拉尔夫聊得正热火,这边潘妮、小不点和格鲁普都快急疯了。下课铃声似乎已经响了几个世纪了,可是笔袋还是没被打开,麦克也没有露面。这会儿,拉尔夫似乎已经把笔袋装进了书包,走在回家的路上。

就在他们彻底放弃了希望,以为麦克失踪了的时候,拉链"唰"的一声被拉开了,麦克被丢进了笔袋里。

"出什么事了?"潘妮连忙跑到麦克面前,把他从头到脚仔细打量了一番,看他是不是还好好的。

"拉尔夫被老师留校了。"麦克说。

"什么叫留校?"小不点问。

"要是你干了坏事,放学以后老师罚你不能回家就叫留校。"格鲁普解释道。

"拉尔夫干了什么?"潘妮问。

"表面上看,他在历史作业本上写了'索德太太是个大笨蛋'。"麦克说。

"**表面上**?"小不点又问。

"就是说,实际上那不是拉尔夫写的……"麦克和潘妮几乎同时说出这句话。潘妮赶紧打住了话头,表情显得有些尴尬。

"更多内幕消息,"麦克说,"奇怪的是,写下这句话的那种书写笔,拉尔夫根本就没有。"

"是什么书写工具?"潘妮警惕地问,当下心中就有了数。

"黑色马克笔。"麦克说。

"他果然回来了!"潘妮**一字一顿**地说。

"麦克,你今天在教室里有没有发现他?"格鲁普问。

"没有,只看到了涂鸦。"麦克说。

"看来我们得展开一番秘密侦查工作。"格鲁普皱紧了眉头。

　　"你说什么？"潘妮问。

　　"秘密侦查。到别的笔袋里打探一番，看看能不能找到一些有关黑马克阴谋的线索。"格鲁普耐心地解释。

　　"哦。"潘妮听懂了。

　　"黑马克一定躲在拉尔夫周围某个小朋友

的笔袋里。"格鲁普果断地说,"潘妮,明天第一节课,通道畅通无阻的时候,你从拉链口溜出去跟波莉聊聊,问问她有没有留意到什么异样的情况。"

"好。"潘妮郑重地点点头,肩负密探的职责,她深感责任重大。

"要当心。看样子我们上一次低估了黑马克。我们根本不知道他到底有多大的能耐。"格鲁普神色凝重地叮嘱了几句。

第八章

涂色大赛

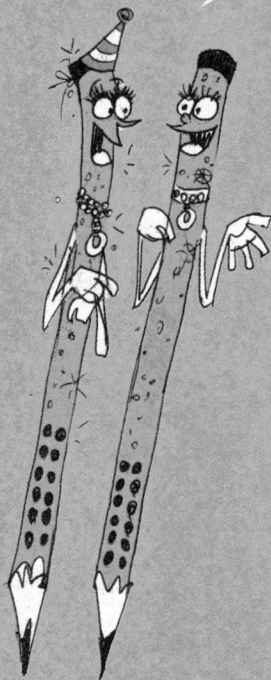

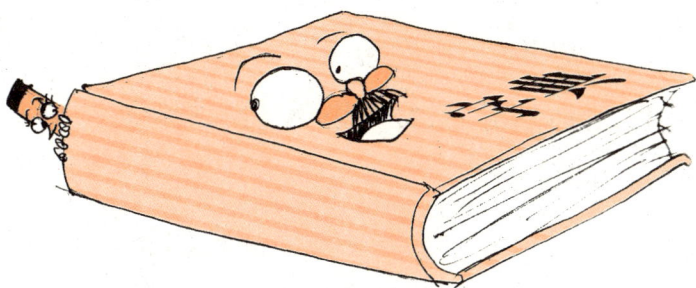

　　第二天一大早,潘妮一睁开眼就兴奋不已。她神气地走到拉链口，高昂着脑袋站在麦克身边,迫不及待地想要溜出去。

　　拉尔夫把麦克拿出去写字的时候，笔袋的拉链口开着。潘妮趁拉尔夫不注意，赶紧从拉链开口处滚了出去,躲在字典背后。

　　"潘妮!"字典看到她,很是惊喜,摇头晃脑地吟诵起来,"可怜一别,如隔三秋。"

　　"你说什么来着？"潘妮压低了声音问。

　　字典长叹一声。"好久不见!"他的心灰了一大半,懒洋洋地高声回了一句。

"嘘！小点儿声，"潘妮轻声说，"我有**秘密工作**在身。"

"看样子你这秘密工作做得可不怎么样！"字典说着，忍不住大笑起来。

"要是你还这么大声说话，我铁定做不好！"潘妮气呼呼地说。

"吾未料，汝发声之不谐，甚矣。"字典摇头晃脑又说了一大堆莫名其妙的话。

"这又是什么见鬼的话……算了，你爱怎么说就怎么说吧，"潘妮实在拿这位"之乎者也"先生没办法了，"只要在我偷偷钻进封面底下的时候，您老人家不吱声就好……"

潘妮刚一躲好，便悄悄竖起了拇指向麦克示意。

"**啧啧**，"字典不住地咂舌，语气酸溜溜的，"要是你这一路上甩开膀子逢谁都要狂打招呼的话，我看你这秘密工作可甭想做了……"字典的话还没说完，拉尔夫便一把拿起了字典，要查生字。

字典从课桌上被拿起来的时候，潘妮紧紧

地抓着字典不放。就在拉尔夫把字典放下的瞬间，潘妮突然手一松，重重地跌落在了桌面上。趁着莎拉和拉尔夫没留神，潘妮顺势滚到了莎拉的笔袋旁。莎拉笔袋的拉链拉得很紧，潘妮**小心翼翼**地滚到了笔袋底部，避开大家的视线。

下课铃声一响，趁着莎拉打开笔袋把波莉放进去的机会，潘妮赶紧溜进了莎拉的笔袋。

波莉正躺在笔袋里，她双眼微闭，大口地喘着粗气。莎拉写字速度飞快，每上完一堂课，波莉总是累得一丝气力都不剩。波莉睁开双眼，看

到潘妮突然出现在面前,便一扫疲惫的神情,脸上绽放出灿烂的笑容。

"潘妮!"波莉惊呼一声,"好久没见到你了!你是怎么来的?"

"噢,这个呀,"潘妮说,"我读过拉尔夫的《超级大侦探》,顺手用了书里讲到的几个小招数,这不就来了。"

"听起来比莎拉的《天才女孩的地理书》要好玩多了,"波莉羡慕地说,"见到你真好。这段日子,拉尔夫似乎总在用那支超级自恋的自动铅笔写字。"

"你说的是麦克。"潘妮**大大方方**地说,"要是你认识了他,就会发现他其实也挺可爱的。"

"你来这儿就是为了话家常吗?"波莉挑起了眉头。

"实话告诉你,"潘妮警惕地看了看四周,又悄悄压低了嗓门,"我这次过来,身负一个非常重要的任务……"

说到这里,潘妮突然打住了话头。她**不经意**

扫了一眼莎拉的笔袋，注意到莎拉的彩色铅笔
全被削得又尖又细，大伙儿的脸上满是兴奋的
表情。

"你们这都是怎么了？"潘妮好奇地问。

"别告诉我你还被蒙在鼓里，"波莉白了潘
妮一眼，"当然是为了迎战全校涂色大赛咯。这
几个星期以来，莎拉的彩色铅笔张嘴就是这个

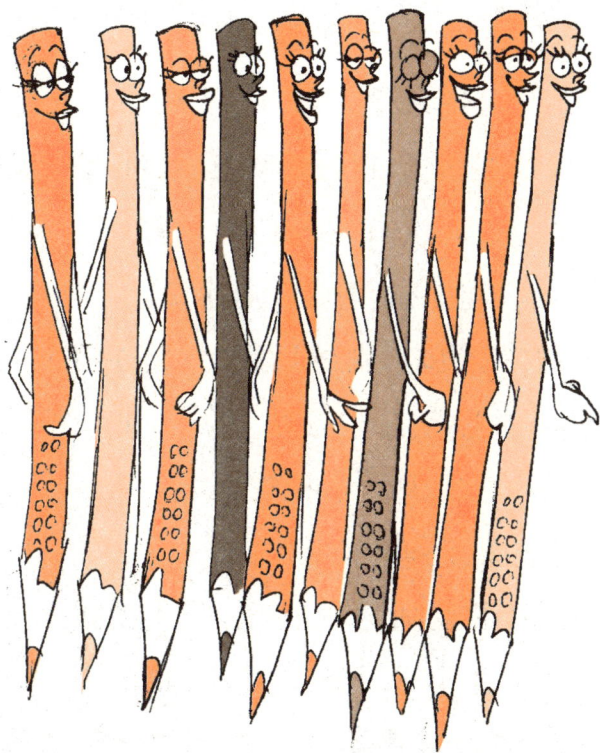

话题。拉尔夫的文具大概也聊得很热火吧？"

"恰恰没有，"潘妮说，"最近拉尔夫的彩色铅笔都不怎么跟我说话。"

潘妮立刻把拉尔夫笔袋内发生的大小事件一桩也不落地给波莉讲述了一番。

"你是说黑马克是幕后黑手？"波莉吓得心惊胆战，声音也开始变得颤抖。

"很有可能是这样。"潘妮点点头。

"你见过他吗？"波莉又问。

"他没出现在笔袋里，"潘妮说，"我们推断他有可能躲在附近，很可能就在波尔特的笔袋里。"

"你这边有没有发现他的动静？"

"一点儿也没见着！"波莉说。

她们又聊起了别的话题，不过两个人的谈话被莎拉的彩色铅笔打断了，只见她们成群结队，兴高采烈地大步朝拉链口走去。

"她们要干吗？"潘妮问。

"紧锣密鼓地为即将到来的涂色大赛做准备啊！"波莉扯开了嗓门喊着，她的声音才没有被齐刷刷的迈步声给淹没……"索德太太空出了整个下午,让孩子们完成参赛作品。好久没有遇上这样的大假期了,我们可是盼星星盼月亮,才盼到这个难得的喘口气的机会呀!"

"我们可不能松懈下来,"潘妮催促着,"还有大事要办呢。你得跟我一起当密探!"

"**密探**?你不是开玩笑吧?"波莉又惊又喜,紧接着,她的脸一下子黯淡下来,"可是……我没法子去。要是莎拉想我了可怎么办!"

"是呀。"潘妮回应着,突然觉得鼻子酸酸的。自打麦克搬进笔袋以后,拉尔夫好像把潘妮给忘了。

看着好朋友突然沉默下来,波莉连忙说:"哦,潘妮。对不起,

我不是故意要……"

"没关系,没关系,我很好。"潘妮故作轻松地说,"又不是世界末日到了。不过也难说,得看黑马克到底在酝酿什么阴谋。"

"你说得对,"波莉突然改变了主意,"莎拉有几天用不到我也没什么大不了的。必须得有人站出来制止黑马克,这正是我们铅笔要担负起的责任!"

"你是说……你要跟我一起去?"潘妮简直不敢相信自己的耳朵。

"那可不!"波莉爽快地说。

"我们会有不少乐子呢!"潘妮一下子开心起来。

"没准儿还会遇上点麻烦……"波莉说。

"噢,那是一定的,"潘妮**满不在乎**地说,"最多的还是乐子。"

"我们得乔装打扮一番。"波莉说。

"为什么?"潘妮问。

"哎呀,我们要去做密探,不伪装怎么行?"波莉老到地说,"你都带了点什么?"

"我……嗯……我事先没盘算好……"潘妮心虚了。

"哦……"波莉说,"我们这里有不少东西,兴许能派上用场呢。"

"真的?"潘妮立刻来了精神,她在莎拉整洁的笔袋里东张西望,搜寻能用得上的东西。

"那还有假。我们到时装部去打听一下,看他们能给我们置办些什么……"性急的波莉拉起潘妮就走。

不出几分钟,由莎拉的削笔刀和闪光笔组建起来的时装部就把波莉和潘妮彻底**改头换面**了。

"波莉?是你吗?"潘妮直盯着一个闪闪发亮

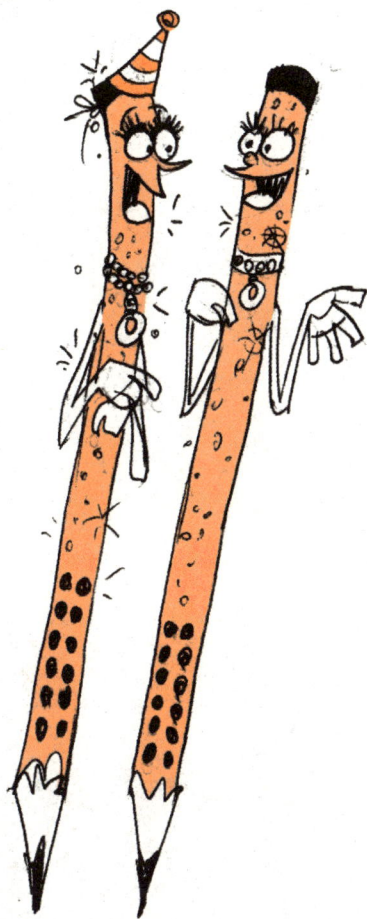

的细长条,惊得**目瞪口呆**。

"潘妮!你的模样超炫的!"波莉的嘴巴在那些闪闪发亮的小装饰下面一动一动的,"这下子没人会认出我们了。"

"好,我们出发吧!"潘妮巴不得快点动身去冒险。

就在潘妮和波莉来到拉链口的时候,拉链"唰"的一声被拉开了,莎拉的彩色铅笔踩着康

加舞的舞步回到了笔袋里。

"哇,波莉!你真漂亮!"彩色铅笔在她们面前轻快地迈着舞步经过时,一个个都发出了赞叹。

"你的朋友是哪位?"

"加入我们的派对一起玩吧!"

"有什么好事要开派对?"潘妮好奇地问。

"涂色大赛结束了。我们有百分之一千的把握,莎拉的作品一定能**拿大奖**!"一支黄色铅笔兴奋地说。

"你怎么能那么肯定呢?"潘妮不知道拉尔夫的作品好不好看。

"这还用问,"一支粉红铅笔自豪地说,"莎拉去年在全城蛋糕烘焙大赛中获得了冠军。她能做出那么优秀的艺术品,创作一幅涂色画自然不在话下了。"

"潘妮,你有什么意见?"波莉提议,"我们能不能过了今天晚上再出发去当密探?"

潘妮**打量了**一下笔袋里的场景,大伙儿忙忙碌碌开始布置派对现场了,看样子好玩得很。

　　"那好吧,估计迟一晚上也不会有什么大不了的……"潘妮话说到一半,便迫不及待地左踢右跳着加入到了康加舞队伍中去了。

第九章

被毁的画作

热闹的狂欢派对一直进行到了大半夜才结束。第二天早上，潘妮睁开惺忪的双眼，发现眼前漆黑一片。

"一定还早！"潘妮嘟囔着，滚到一边又睡过去了。突然，她感到一阵剧烈的晃动，折腾得她直犯恶心。

"波莉？波莉？你睡醒了吗？到底出什么事了？"潘妮小声发问。一阵子乱摇乱摆，又加上两眼一抹黑，潘妮心里没底，慌了神。

波莉没作声。

"波莉？"潘妮心里一急，就提高了嗓门。

喊过之后，潘妮赶紧静下来侧着耳朵听。波莉还是没吱声，倒是有两支彩色铅笔聊起了天。

"我昨……昨晚差……差点儿没睡成觉。"

"音乐太吵了吧？"

"不是！我满……满脑子想的都是涂……涂色大赛。今……今天就要评……评奖了。你觉得……觉得我们能……能赢吗？"

"莎拉似乎很有信心。我都记不得上次她蹦蹦跳跳上学校是哪年哪月的事了。"

"**蹦蹦跳跳**？"潘妮一下子明白了，怪不得一路上摇摆得厉害。拉尔夫从来没有一蹦一跳地走过路。可是这天都还没亮呢，莎拉为什么要蹦跳着上学呢？正琢磨着，莎拉的动作突然停了下来，潘妮一下子被抛到笔袋的前面。她觉得有什么东西在自己脑袋上方动弹，突然她眼前一亮！

莎拉的笔袋被摔得一团糟，彩带、派对帽、空塑料杯子散落了一地。潘妮伸手摸索到了扣在脑袋上遮住她眼睛的东西，扯下来一看，原来是一顶派对帽。她扶正了帽子，想要再次叫醒波莉。

"波莉，波莉，快醒醒！"潘妮使劲摇晃着波莉的肩膀。

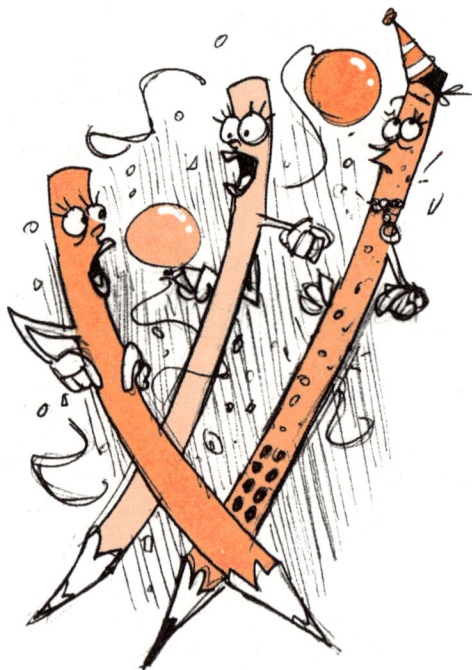

"睡前再让我跳一支舞吧，就一支。"波莉一边说着梦话，一边翻了个身，又朝被子底下拱了拱。

"**快醒醒**，波莉。天大亮了。别做梦了，快睁眼瞧瞧吧！"潘妮说。

"天还没亮呢。我今天可不想去上学。"波莉睡意沉沉地咕哝着。

"我们已经在学校了，"潘妮焦急地说，"莎拉的手随时会探进来把你拿起来。"

波莉半睁着惺忪的睡眼，迷迷糊糊地看着潘妮。

"我说，咱们俩长得这么像，你顶替我一次好不好？只要能撑到课间休息……"波莉口齿不清地说着。

"今天谁也不能顶替谁，"潘妮努力控制着情绪，打断了波莉的话，"我们要去做密探了。到波尔特的笔袋里去，你不记得了吗？去找黑马克！"

"噢！""黑马克"这三个字就像**一盆冷水**浇在波莉头上，她一个激灵，彻底清醒了。

"莎拉随时都会打开笔袋。我们怎么办？"波莉慌了。

"我也不知道呀，"潘妮说，"这是你的地盘，你应该知道躲哪儿最合适。"

"快来。"波莉说着，一把抓住潘妮的手，拽着她就往一大堆派对装饰物里钻。

两秒钟以后，拉链开了。潘妮和波莉偷偷从派对装饰物下往外瞄。莎拉的手已经探进了笔袋里，在里面乱摸一气。

"我们就要被发现了，我们就要被发现了！"波莉紧张得连连尖叫，莎拉的手此时已经逼近了她们，形势很危急。

"嘘！她会听见我们说话的。"潘妮连忙示意波莉安静。

"噢，是吗，说得就跟人类当真能听到铅笔说……说……说话……"突然间，潘妮和波莉感觉她们连同那一堆**花花绿绿**的派对装饰物一起被拎到了半空。

"这堆垃圾怎么会跑进我的笔袋里来了？"莎拉把一大把迷你彩带、气球、派对帽什么的都丢在课桌上。

潘妮和波莉吓得大气也不敢出，老老实实地躲在这一堆装饰物下面。

"我**最心爱**的铅笔上哪儿去了？"莎拉说着，又扭头在笔袋里找。

"莎拉，你能到我这里来一下吗？"索德太太喊了一声。

莎拉站起身的时候，一不小心撞到了课桌角，一下子把潘妮和波莉撞得朝波尔特的笔袋方向滚去。

就在两支铅笔快要滚到波尔特的笔袋旁时，一阵抽泣声突然从教室前方传来。

"听起来像是莎拉。"波莉说着，停下了滚动，抬头张望起来。

莎拉泪眼汪汪地站在教室前面。索德太太手里拿着一张画纸，敏锐的目光透过眼镜在教室里扫来扫去。

"孩子们，我们班里有一起严重的恶性事件。**非常严重**！"索德太太说，"有人在教室里干了件大坏事。"

教室里立刻传来了**一阵杂乱**的低语声。

拉尔夫坐立不安，不知道莎拉到底出了什么事。他只顾着为莎拉担心，却没注意到波尔特在他身后偷笑。

"本来有一幅作品极有希望获得全校涂色大赛的冠军，可是现在，我很遗憾地告诉大家，这幅作品被人**恶意毁坏**了。"索德太太惋惜地摇了摇头。

只见画纸在索德太太手中一翻，这下子全班同学都看得一清二楚。

"莎拉见鬼去吧！"这几个用黑色马克笔写的大字歪歪扭扭地盖满了莎拉的画。波莉倒吸一口冷气。

"孩子们，不等到干坏事的人主动承认错误，我决不罢手。"索德太太的话像一枚**重磅炸弹**丢在了教室里。

"都怪我！"波莉一下子哭了起来。

"说什么傻话呢？"潘妮说。

"看一眼就知道，那一定是黑马克的墨迹。要是昨晚我不坚持留下来参加派对的话，我们

可能早就找到黑马克了，也许这件事根本就不会发生了。可怜的莎拉！她多伤心呀。"波莉抽泣着说。

"好了，波莉，**振作点**！"潘妮一边安抚，一边又催促波莉继续朝波尔特的笔袋方向滚动，"我们还有要紧的事情要……"

"拉尔夫，你能到我这里来一下吗？"索德太

太喊了一声。

"难道她以为是拉尔夫干的?"潘妮急了,连忙停下来,眼睁睁看着拉尔夫朝教室前方走去。

"我来了,索德太太。"拉尔夫低头看着鞋尖,小声应着。

"看来那天我错怪你了！"索德太太抱歉地说。

听到这话,拉尔夫和其他同学全都惊呆了,就连莎拉也不哭了。要知道,一个大人主动承认错误可不是常有的事情,一位老师站出来认错就更是稀奇了。

"这个毁了莎拉参赛作品的人，大概也是在你历史练习本上乱涂鸦的那个人。"索德太太说，"我知道你说什么也不会欺负莎拉，所以我要为上一次对你不公正的惩罚道个歉。"

教室里立刻响起了**窃窃私语**，孩子们热烈地交谈着，有的惊奇，有的赞赏。拉尔夫的脸"唰"的一下红了。潘妮却觉得很自豪。

"好了，"索德太太目光凛然地看着全班同学，"干坏事的人还不肯主动认错吗？"

孩子们**不约而同**地在教室里张望着，只有波尔特呆呆地坐着，眼睛紧紧盯着课桌上的一个记号。

"还没有人站起来？"索德太太又问，"看来，我只能把所有黑色马克笔没收了。"

潘妮和波莉对视了一下。

"所有黑色马克笔？"潘妮惊问一句。

"你是说黑马克不止一个？"波莉听得**心惊肉跳**。

孩子们慌忙地在各自的笔袋里翻找，铅笔们乐滋滋地在一边看热闹，差点看花了眼。孩子们纷纷把找出来的黑色马克笔放进索德太太放在讲台上的一只盒子里。就连波尔特也把一支黑色马克笔放进了盒子里。

"黑色马克笔可真多呀，"波莉愁眉苦脸地说，"我们怎么才能认出黑马克？"

"离这么远我也看不清楚呀，"潘妮无奈地摇了摇头，"不过我好像还没看见他露面。"

　　"他们全都是一个模样！"波莉抱怨着。这时，孩子们陆续走回各自的位子，不知道是谁不小心撞了莎拉的课桌，潘妮和波莉"**哧溜**"一下从波尔特的笔袋边滚了出去。

　　"不好！"潘妮惊叫一声，眼看她就要滚到课桌沿了。她的心都要提到嗓子眼了，潘妮料定这次会摔在教室地板上，免不了要摔得很惨。奇妙的是，那地板似乎又软又暖，怪舒服的。

　　"嘿！有人……**谁丢的**？"潘妮耳边响起

一个女孩子的说话声，"嗯，上面没有姓名标签……谁捡到了就归谁！"

没等潘妮闹明白到底发生了什么事，她就感觉自己突然被塞进了一个又小又黑的地方。

第十章

逃出笔袋

"泼瑞？"潘妮口齿不清地呼唤着波莉的名字。她的嘴巴像是被什么东西给塞住了，害得她话也说不清楚。潘妮侧耳听了一阵子，没有人回答她。

"泼瑞？"她忍不住提高了嗓门。

"别嚷嚷了！"波莉没好气地说，"我紧挨着你呢。"

"我们这是在哪儿？"潘妮问。

"我也不知道。不过这儿有一个标签，"波莉说着，努力辨认着挡在她眼珠子上的一张标签上的字，"上面写着……露西·威廉姆斯。"

"露西·威廉姆斯是什么东西？"潘妮不解地问。

"瞧一眼就知道了,所有这些铅笔,"波莉说着看了看身子另一边的一支红白条纹的铅笔,她身子上也贴着一张同样的标签,"他们身上全都贴着'露西·威廉姆斯'字样的标签。"

"那是铅笔的新品牌吗?"潘妮问。

"我想不是,"波莉一抬头,就发现那支红白条纹铅笔的笔帽上有一块透明的塑料凸起,"他们好像都被什么给卡住了。"波莉费了好大力气才把一只胳膊抽出来,用力拉扯那块塑料片。

"**哎哟**!"红白条纹铅笔惊叫一声,一把推开了波莉,顺手给了她一记耳光。

"嘿!"波莉没提防会遭受这样的袭击,她站立不稳,打了个滚。

"你想干什么?"红白条纹铅笔怒吼一声。

"对不起!"波莉怯

生生地说，"好像你身上有个……"

"我身上当然有东西，用不着你多管闲事！"红白条纹铅笔不由分说，抢白了一句，一只手也没闲着，只见她**急急忙忙**把那块透明塑料片朝身上连拍几下，让它贴着身子粘紧，"这是我的姓名签。要是你把它撕下来，露西怎么会知道别的孩子拿走了她的铅笔？"

"哦，我不知道……"波莉喃喃地说。

"对了，你的姓名签哪儿去了？"

红白条纹铅笔一把抓住波莉，把她转了个圈，"还有你的呢？"她又抓住了潘妮，把她也从头到脚审视了一番。

"我们……我们没有姓名签。"潘妮支支吾吾地说。

"为什么没有？要是你们丢了可怎么办？"红白条纹铅笔一副管家婆的口气，"露西怎么找到你们？"

"我们其实不是露西的铅笔。"波莉说。

"你们到我们笔袋里来想干什么？"红白条纹铅笔**气势汹汹**地大喊大叫起来。

"哦……"潘妮顿了顿，赶紧迈上一步，强插到波莉和大发脾气的红白条纹铅笔中间，"请您别跟我的朋友计较，她今天有点不大舒服，因为……因为她丢了她的姓名签。是吧，波莉……弗尼？"

"你叫她什么？"红白条纹铅笔好像没听清。

"波莉·弗尼，"潘妮乖乖地回答，"这是她的全名。"

"一支铅笔叫这个名字可真够怪的。你呢？"红白条纹铅笔又盯紧了潘妮问。

"她叫……潘妮……西林。"波莉赶紧说。

"玻璃服你和**盘你西林**，"红白条纹铅笔嘟囔着，摇了摇头，"我看，还是赶紧给你们贴上姓名签的好，跟我来。"

红白条纹铅笔示意潘妮和波莉紧跟着她，只见她从容灵巧地在笔群中挤出一条道。

"波莉·弗尼？"波莉恨恨地从牙齿缝里挤出这个怪异的名字。

"这是我能想出来的最好听的名字了，"潘妮反咬一口，"潘妮·西林，亏你能想出这个怪名儿！"

"彼此彼此，我倒觉得这药名挺对你的味儿的！"波莉讥讽道。看着潘妮和波莉贴上了姓名签以后，红白条纹铅笔丢下她们，扬长而去。潘妮和波莉没事可做，就在笔袋里溜达。不过想要在露西的笔袋里散步也不是件轻松的事情，这笔袋里挤满了各式各样的铅笔。

"你有没有发现哪儿不对劲？"潘妮一边发问，一边在笔群中**挤来挤去**。

"要我说，这些铅笔都贴着'露西·威廉姆斯'的姓名签，这个露西还有一个专门做标签的工具，除了这些，还有什么不对劲的地方？"波莉问。

"事实上，这里面除了铅笔和标签工具，什么橡皮啦、蜡笔啦，还有马克笔啦……一样也见不着。要是黑马克在这里的话，他想不出风头都难。"潘妮分析得头头是道。

"就是，就是！"波莉连连附和，"待在这里就是浪费时间。我们快点离开吧。"

潘妮和波莉艰难地朝拉链口挤了过去。她

们刚刚挤到出口处，红白条纹铅笔不知打哪儿突然跳了出来，拦住了她们的去路。

"你们想干吗？"她恶狠狠地问。

"出门走走，"潘妮温顺地回答，"呼吸下新鲜空气。"

"这里太闷了。"波莉又赶紧添了一句。

"你们难道忘了这里的规矩吗？"红白条纹铅笔不客气地问。

"噢，糟了。"潘妮嘀咕了一句。

露西·威廉姆斯的铅笔**一窝蜂**围了上来，七嘴八舌地背起了露西笔袋里的规矩："除非露西亲手把我们拿起，否则任何铅笔不得自行走出笔袋。一旦身处笔袋外，就务必待在露西手中。"

126

“可是我们只想……”潘妮刚起了个话头，立刻就被打断了。

“你们擅自跑到外面去，会走丢的！”红白条纹铅笔瞪大了眼睛吓唬她们。

“我们保证不会走丢的，”波莉说，“我们紧挨着拉链……”

“**远离拉链**！远离拉链！”露西的铅笔高声喊着口号，推推搡搡把潘妮和波莉挤到了笔袋里最偏僻的角落。

这下子可乱套了！潘妮和波莉越使劲往外

推露西的铅笔，他们反过来就越使劲地把她们两个往角落里挤。

"我们做梦也别想逃出这里！"波莉哀号着。

"别灰心，我们肯定出得去，"潘妮坚定地说，"等到下课铃声一响，露西打开拉链的瞬间，我们就抓紧时间溜出去。"

说来也巧，潘妮话音刚落，铃声便响了起来。

"**准备好了**？"潘妮一声招呼，紧紧拉起波莉的手。

潘妮和波莉屏息等待着拉链"唰"的一声响。

但是露西的铅笔像一堵墙一样压过来，把潘妮和波莉挤得几乎喘不过气来。

"这法子根本行不通！我们没希望了，别想逃出去了！"波莉有些绝望了。铅笔们排山倒海般猛扑过来，波莉被挤得紧贴在笔袋壁上，差点被压扁。就在这危急时刻，只听见"吱啦"一声响。

"那是怎么回事？"波莉似乎看到了**一线生机**，她使出浑身力气把露西的铅笔往外推。

潘妮低头耸肩，也铆（mǎo）足力气把那些

铅笔往外推，然后又掉头朝波莉的方向看了看。就在波莉脚下，一道光线从笔袋缝线处的小洞洞里透进来。

"别推了！"潘妮高声叫着。

"什么？"波莉以为自己听错了。

"别推了！"潘妮又大喊一声。

"要是我们不用力推，他们会把我们挤扁的！"波莉绝望地说。

"听我的，**没错的**！"潘妮说完，彻底放弃

了反抗，她一下子被挤到了笔袋一边。

波莉也在同一时刻放弃了反抗，露西的铅笔一窝蜂拥上来对她们又推又挤。只听见"吱啦"一声巨响，笔袋裂开了。潘妮、波莉和露西的铅笔从裂开的笔袋里迸飞出来，散落了一桌子。

"嘿，那是我的蓝铅笔！"一个男孩生气地吼了一声，一把抓起落在潘妮身边的铅笔。

"那是我的黄铅笔！"又一个男孩也喊了起来，伸手捡起一支黄色铅笔。

"才不是你们的呢！"露西伸手想把铅笔夺回来，"这是我的铅笔。铅笔上都贴着我的名字呢！"

"噢，是吗？"一个孩子一把扯下黄铅笔上的标签。黄铅笔上露出一个名字的缩写。

"这是我的，是你偷走了它！看清楚没有？M.W.是我的名字马克姆·沃克的缩写。"马克姆生气地说。

趁着露西手忙脚乱地收拾铅笔的当口，潘

妮和波莉赶紧朝旁边的笔袋滚了过去，她们一边滚，一边撕掉了身上的姓名签，双双跃进旁边笔袋的拉链口。她们在新笔袋里躲藏好后，又**小心翼翼**地回头张望了一番，发现露西的手没有朝她们伸过来。

　　"**谢天谢地**，"波莉松了一口气，转了个身，紧贴着笔袋底部平躺着，"我们总算安全了。"

　　"这得看你怎么定义安全啦……"潘妮说。

第十一章

咬笔头大王
肖恩

潘妮和波莉新藏身的笔袋跟露西的笔袋大不一样。露西的笔袋里塞满了五颜六色的铅笔，而这只笔袋里面却是黑漆漆的……气氛十分诡异。

"这是什么鬼地方？"波莉皱着眉头问。

不远处的动静引起了潘妮的注意。

"**那是什么**？"潘妮心头一紧，不自觉地紧紧抓住了波莉的胳膊。

"什么是什么？"波莉不明白地问。

"我好像看见有什么东西在动。就在那儿，那个角落。"潘妮的声音开始颤抖。

角落里传来一阵刮擦的声音。

"看见了没？"

潘妮**战战兢兢**地问。

"没，不过我也听见了。那是什么？"波莉壮着胆子跑到角落里察看。

"波莉！"潘妮焦急地叫喊起来，波莉身子一闪，消失在了一团阴影里。

潘妮孤零零地留在暗处，紧接着又听到一阵刮擦声。这一回，声音又近了不少。

"波……莉……"潘妮压低了声音呼唤着。

突然，一个东西一下子跳到潘妮面前，把她一头撞倒在地上。

"哎哟！"潘妮痛得尖叫一声，那东西生拉硬拽，要把潘妮拖走，把她拖得离拉链口越来越远。

"安静！"这声音听起来也在颤抖，听起来似乎比潘妮更害怕，"别乱动。"

"不然他会抓住你的！"第二个声音在潘妮的耳边轻轻响起。

潘妮感到**阵阵寒意**爬上了后背。在一阵混乱之中，潘妮被一群怪物强拉硬拽着乱跑。从这些怪物的举动来看，潘妮就像是不小心落入了黑马克的藏身老巢。

　　"到底谁会抓住我?"潘妮心想,答案一定是黑马克。

　　"那只手。"第一个声音说。第二个声音立刻呜咽起来。拉尔夫笔袋里的铅笔每次听谁说起"**削笔尖**"时,就是这种反应。

　　"那只手?"潘妮吃了一惊。

　　"跟我想的一样!"一个熟悉的声音响起。

　　"波莉!"潘妮高兴得叫喊起来,"我们在

哪儿？"

"我也不知道，"波莉懊丧地说，"大家吓得连话都不敢说。"

潘妮四下里张望了一番。暗处一些乱七八糟的形状渐渐有了模样。他们都是书写笔，不过他们的模样无一例外都有一种说不出来的古怪。这些铅笔的脑门一个个疙疙瘩瘩的，就连记号笔的笔帽也都歪歪扭扭的，怎么戴也戴不上去。

"那些都是牙印。"一支铅笔头说。潘妮凑过去，将他端详了一番，这才发现他满脑袋都是牙印，潘妮几乎没办法看清楚哪里是牙印，哪里才是他的脸。

"这是谁咬的？"波莉气愤地问。

"我们的主人，咬笔头大王肖恩。"铅笔头伤心地说，"他思考问题的时候就喜欢咬我们。逮谁咬谁，一个也逃不掉。那边是可怜的费格斯，他脑袋上原来有一块橡皮，可是肖恩硬生生把橡皮给咬掉了，害得他笔芯都露在外面了。"

只见角落里躺着一支灰芯铅笔，一张脸被

咬得面目全非，一只眼睛也瞎了。

"你好，我叫欧尼。"满脸伤疤的小铅笔头说。

"很高兴认识你，欧尼。我……我叫潘妮泰坦尼，"潘妮握了握欧尼的手，**支支吾吾**瞎编乱造了个新名字，"这位是……波莉斯泰尼。"

波莉也大大方方地跟欧尼握了握手。

"欧尼，请问这里最近有没有新来的笔？"波莉直截了当地问。

"新来的只有你们俩呀。"欧尼似乎有点迷惑的样子。

"除了我们俩，还有没有谁到过笔袋里？"潘妮问。

欧尼摇了摇头。

"我们只顾着盯紧拉链，"欧尼说，"阻止肖恩对不知情的新文具下手。"

话说到这里，铃声从远处

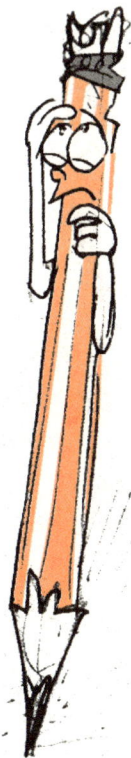

传来。

那些**伤痕累累**的铅笔阵脚大乱，不安地躁动着。

"哎呀，不好。打铃了！"欧尼高呼一声，"大家动作要快，就近躲起来！不然就晚了！"

潘妮和波莉目瞪口呆地看着这群铅笔忙乱地四散逃窜。

"**请等一下！**"潘妮傻乎乎地叫喊着，"我们能躲在哪儿？"

没有一支铅笔回答她。原本热闹的笔袋瞬间变得死一般寂静。

"快点，潘妮，"波莉着急地喊，"我们最好赶快找个藏身的地方。离拉链越远越好。"

"可是拉链在哪儿？"潘妮方寸大乱，像没头苍蝇一般辨不清

方向,更不知道往哪里躲。

突然,只听"吱"的一声,拉链被拉开了,一道刺目的光线一下子倾泻进笔袋里。

"答案原来在这儿,"潘妮自嘲一声,眯着眼睛,连忙用双手遮挡刺目的光线。

这时,一个奇形怪状的影子突然出现在她眼前。

"这是什么东西?"波莉好奇地问。

那阴影越来越大,越靠越近,最后变成了一只手的形状。

"糟了!"潘妮大喊不妙,"快跑!"

波莉和潘妮手挽着手,没命地乱跑,想要逃离那只不断逼近的手。大手四处摸来碰去,想找到一支书写笔。潘妮和波莉朝左一闪,躲开了一根手指,又朝右一歪,避开了另一根手指。

"**加速**!"波莉大声疾呼,"它认准我们了!"

"我已经快得不能再快了!"潘妮上气不接下气地回答。

"哎哟!"潘妮在黑暗中飞奔,一不小心被绊倒在地,一下子松开了波莉的手。

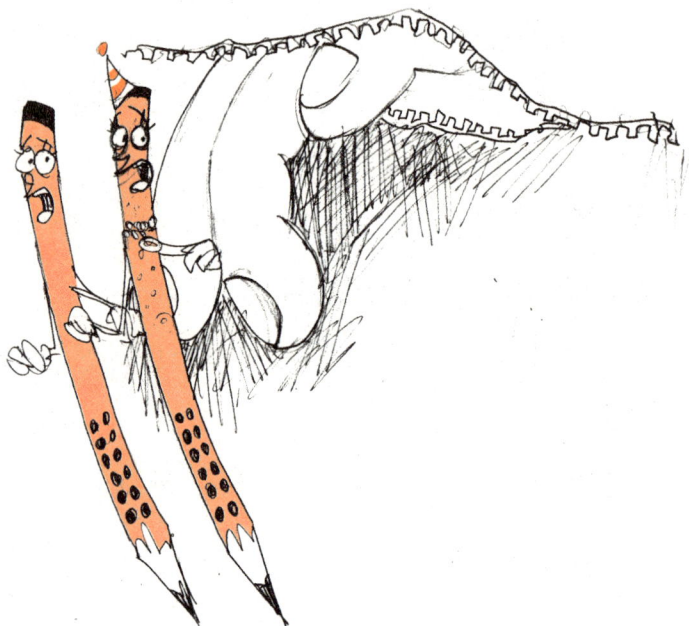

　　"潘妮！"波莉尖叫一声,转身不见了踪影。

　　"我还好！"潘妮说着,正了正头上的帽子。她抓住一根铅笔形状的家伙,一下子站了起来,"**谢谢你**,波莉。"

　　"潘妮,那不是我！"波莉在远处低声应了一句。

　　"那又是——哎呀,不好！"潘妮惊叫一声。

　　潘妮手里拉着的那支铅笔不是波莉,其实它根本就不是铅笔。它不硬也不亮,倒是软软肉肉的,上面的指甲也被啃得光溜溜的。原来它就

是咬笔头大王肖恩的一根手指！

　　"**潘妮**！"波莉大喊一声，肖恩的手指蜷缩起来，把潘妮抓得紧紧的，把她从笔袋里拖了出去。

　　波莉在后面狂奔，一直追到拉链口才停了下来。她小心翼翼地往外看，这时，她发现肖恩的几支铅笔也凑到她周围向外张望。

　　笔袋外，被肖恩牢牢握在手中的潘妮，恐惧一扫而空，心倒沉着了下来。拉尔夫一连好几个星期没用她写字了，这会儿潘妮的灰芯脚丫子突然又有了用武之地，这真叫她兴奋！潘妮不光有机会做功课，眼下她做的还恰好是自己最擅长的一门功课：算术。

潘妮在纸上翩然飞舞，她几乎有点得意忘形了。肖恩写字的风格跟拉尔夫不大一样，适应起来有点别扭，不过潘妮还是很喜欢在纸上**轻灵舞动**的感觉。她先写下几个数字，接着是减号——这是潘妮最喜欢的运算，然后又写了几个数字，跟着又写上等号。还没等肖恩把答案写出来，潘妮就已经把这道题的答案心算出来了。

可是肖恩不知道怎么回事，却停笔不写了。

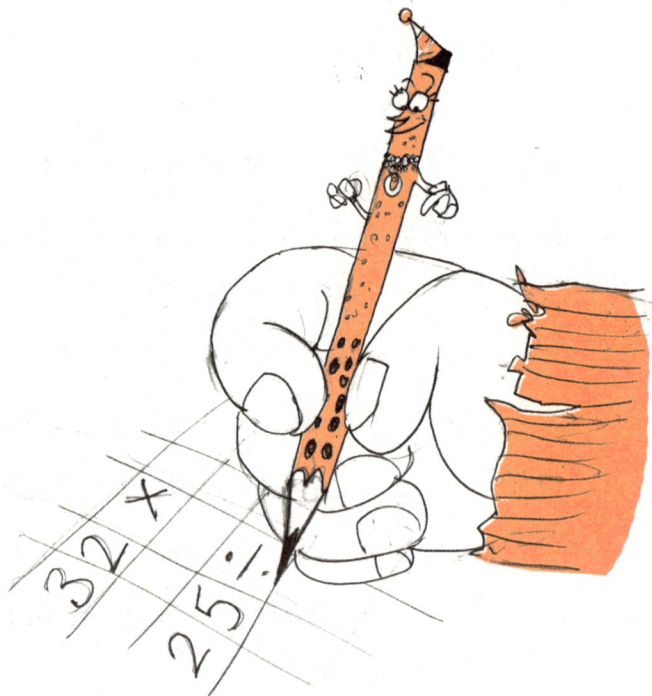

潘妮抬头看了看肖恩，只见他眉头紧锁，看样子正在苦苦思考。没过一会儿，他的嘴巴微微张开，潘妮感觉自己开始移动。

潘妮回头看看那张作业纸，作业纸不是离她越来越近，而是离她**越来越远**。

潘妮感到一阵热风吹着她后脖子，她猛地一回头，看到肖恩的牙齿朝她凑了过来。潘妮一闪，脑袋没有撞上又硬又尖利的牙齿，而是碰到了温软又湿乎乎的脸颊。

"嗷！"肖恩痛得大叫一声，这声音震得潘妮头痛，她赶紧用手捂住了耳朵。

"讨厌的铅笔！"肖恩气恼地看了看潘妮。

接着，潘妮的身子又开始动了，这一回恐怕是难逃一劫了，潘妮吓得紧紧闭上了双眼。让她意外的是，她的脑袋没有跟肖恩的牙齿碰到一块，她的脚居然碰上了作业纸——肖恩写下了算式的答案。

"**嘘**！"潘妮长长舒了一口气，肖恩又开始写下一道题。这一回算式里有一个乘号和一个减号。

潘妮写好了算式，等待下一步行动。

肖恩又一次陷入了苦思。

"是先做减法再做乘法，还是先做乘法再做减法呢？"肖恩喃喃自语着。

他用左手支起了下巴，让潘妮来了个倒挂金钩，朝作业本的方向移动。

"他要干吗？"波莉看不明白状况，转头问欧尼。

"噢，那是肖恩的另一个坏毛病，"欧尼说"他在思考的时候要是不对我们乱啃乱咬，就会

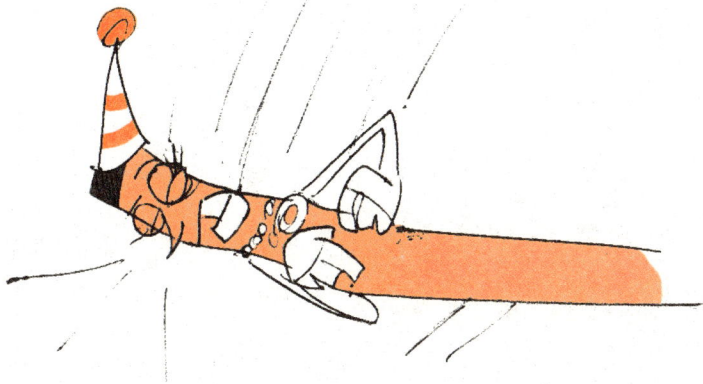

把我们的脑袋不停地往课桌上敲。"

"可怜的潘妮!"波莉听得心头一紧,倒吸一口冷气。

果然被欧尼说中了,潘妮的脑袋正朝课桌上猛撞个不停呢。

"嘿,伙计!"潘妮龇牙咧嘴地叫唤着,"我能派上用场的是脚,不是脑袋。"

可肖恩是人类,他根本听不见潘妮的抱怨,也没注意到有什么不对劲的地方。

"**哎哟**!"潘妮的脑袋又一次撞到桌面上的时候,痛得大叫一声,"嗷嗷嗷!"

"他还要这样折腾多久?"波莉焦急地问欧尼。

"直到把题目给算出来——"欧尼说,"他算术学得可不怎么样。"

肖恩终于写下了答案。这一道题写下来,潘妮被折磨得头晕眼花、**全身酸痛**,她也顾不上核对答案是对还是错。潘妮任由肖恩的手带着她在纸面上挥洒游走,根本顾不得留心检查自己都写了什么。直到潘妮又感到后颈有一阵热气吹来,她才意识到肖恩又带着她写了一个等号。

她知道自己应该赶紧闪躲,却不知道该往哪儿躲。潘妮此时已经很虚弱了。她唯一能做的就是紧闭双眼,等待肖恩的牙齿照着她的脑袋狠狠咬下去。

奇怪的是,潘妮感到脑袋一冷,整个身子突然从肖恩的手中掉到了作业本上。一阵响亮又刺耳的声音回荡在她耳旁。

"出什么事了?"波莉从肖恩的笔袋里探头探脑地发问。肖恩趴在课桌上,"**呸呸**——"嘴里飞沫四溅地朝桌子上乱吐一气。波莉看到这个场景,觉得奇怪极了。

"你朋友先前不是戴着笔帽吗?"欧尼问波莉。

"差不多算是吧。"波莉含糊地回应着,斜眼看了看潘妮,原先扣在潘妮头上的那只派对帽真的不见了。

"这么说,"欧尼若有所思地说,"我想肖恩的嗓子眼大概是被笔帽卡住了。"

只见肖恩泪眼汪汪，脸蛋憋得通红发亮。

"索德太太，肖恩出事了。"坐在肖恩旁边的一个小女孩举手打报告。

索德太太快步走到肖恩身边，在他背上猛捶一通。潘妮的派对帽"噗"的一声从肖恩的嘴巴里飞了出来，落在了作业本上，在那张作业纸上留下了一大团湿乎乎的水印。

"好了，孩子们，"索德太太松了 **一口气**，又板起脸来训话，"现在你们知道为什么不能抓起什么笔就乱咬、乱吸、乱啃一番了吧。你们有可能会被噎死，这样做非常危险！"

教室里立刻响起一阵恐慌的骚动和低语。

"我得带肖恩到医务室检查一下，"索德太太又说，"莎拉，我回来之前，班里的事由你负责。"

索德太太把肖恩从椅子上一把揪起来，伸出臂膀架着他慢慢走出了教室。孩子们几乎全都离开座位跑到门口张望。莎拉装作没看到，由他们看个够。

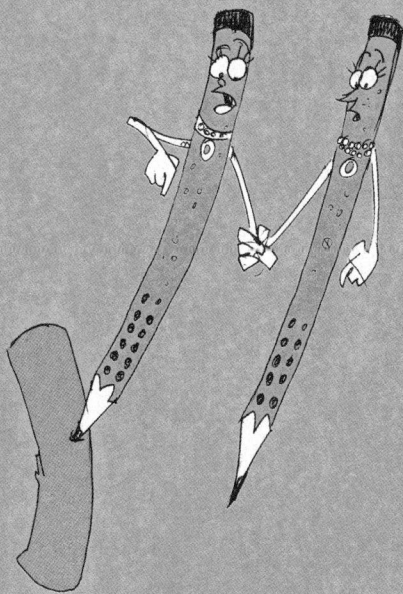

第十二章

神奇"创可贴"

趁着孩子们挤在门口看热闹的时候，波莉高高一跳，逃离了肖恩的笔袋，连忙跑上前去，查看潘妮的安危。

"潘妮，你还好吧？"波莉焦急地问。

潘妮呻吟了一声。

"我觉得我的脑袋好像……我也说不清楚……好像被卡车或者什么给碾了一下。肖恩实在太可恨了！真不应该让他靠近任何铅笔。"潘妮气哼哼地抱怨着。

"小可怜，"波莉柔声安慰着，"你还能溜到别的笔袋里继续做密探工作吗？"

"我快不行了，"潘妮说，"不过也没别的法子。我们必须找到黑

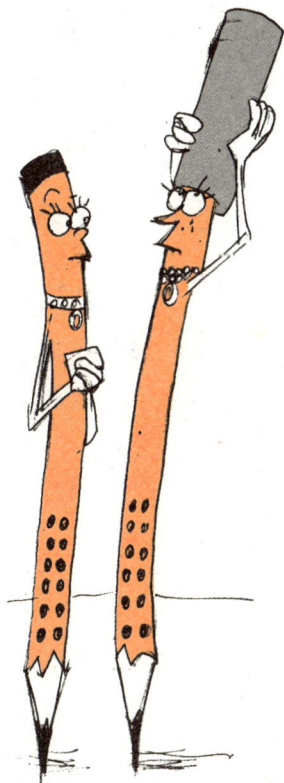

马克,要是我们先被他发现的话,恐怕下场比这个还要惨。"

潘妮努力挣扎着想要站起来,却因体力不支而一头栽倒在了地上。

"稍等,"波莉灵机一动,"我在肖恩的笔袋里发现了一样东西,兴许能派上用场,一解**燃眉之急**。"

潘妮一动不动地躺着,没过一会儿,波莉扛着一个看似靠垫的东西回来了。这个长长的圆柱形靠垫中间还有一个小洞眼。

"这是什么玩意儿?"波莉扶着潘妮慢慢坐起来的时候,潘妮好奇地问。

"这是握笔套,"波莉解释道,"人类通常把它套在书写笔的腰间,这样握笔就能握得更牢,笔就不会打滑了。在莎拉的笔袋里,我们把这东西当创可贴用。"

"噢。"潘妮明白了。

波莉把握笔套小心翼翼地套在潘妮的脑袋上。

"好了。现在感觉怎么样?"波莉问。

"嗯,这会儿感觉脑袋不像是被卡车碾了,

像是被自行车给碾了。"潘妮一边调皮地回答
着，一边摆弄着脑袋上柔软的"创可贴"。

潘妮很喜欢这个握笔套"创可贴"。不管她
的指头在创可贴里戳得有多深，用的劲有多大，
创可贴都会很快弹起来，**恢复原状**。

"从这里到波尔特的笔袋该怎么走？"潘妮
一边问，一边朝教室四周张望。自打她被露西捡
起来塞进拥挤不堪的笔袋里之后，就彻底没了
方向感。

对面的一张课桌上有不少涂鸦"作品"，桌

面上撒满了碎纸屑、橡皮灰和口香糖。课桌一端有一只脏兮兮的笔袋，笔袋外层布满了涂鸦"作品"，已经看不清它本来的模样。只看它一眼，潘妮就被吓得浑身打战。不用猜，这只笔袋的主人不是别人，就是波尔特。

"你猜我看到了什么？"潘妮问波莉。

"除了波尔特的笔袋还能是什么？"波莉肯定地说，"问题是，我们怎么才能到那里去？"潘妮绞尽脑汁地想办法。她在动脑筋的时候，不自觉地伸出一根手指戳了戳脑袋上的创可贴。创可贴被戳一下马上就能迅速恢复原状，这让她感觉很安全。突然，潘妮眼睛一亮，她知道怎样跑到对面一排的课桌上去了，答案不是明摆着嘛！

"**有主意了**！"潘妮

兴奋地说,"先躲起来,等下课铃声响了再行动,稍后我解释给你听。"

午餐铃声一响,孩子们就全跑出去了,教室里彻底清静了。潘妮和波莉立刻从藏身处跑了出来。

"快讲讲吧,你的伟大计划到底是什么?"波莉迫不及待地问。

"我们就用这个!"潘妮把握笔套从脑袋上扯下来,放在地上。

"怎么用?"

"就像这样——"说着,潘妮示范了一下,她一脚跳在了握笔套上,身体一下子被弹得高高的,这一弹跳的高度可是她平常弹跳高度的十倍,她一下子从波莉的脑袋上方飞了出去。

"哇!潘妮,动作好炫呀!你真是个天才!"波莉惊呆了。

"看来我的脑袋得在课桌上多撞几回,真是越撞越聪明啊!"潘妮说完,把握笔套放在了课桌的桌沿上,"我们先助跑一下。"

潘妮和波莉后退了几步,手挽着手,做好准

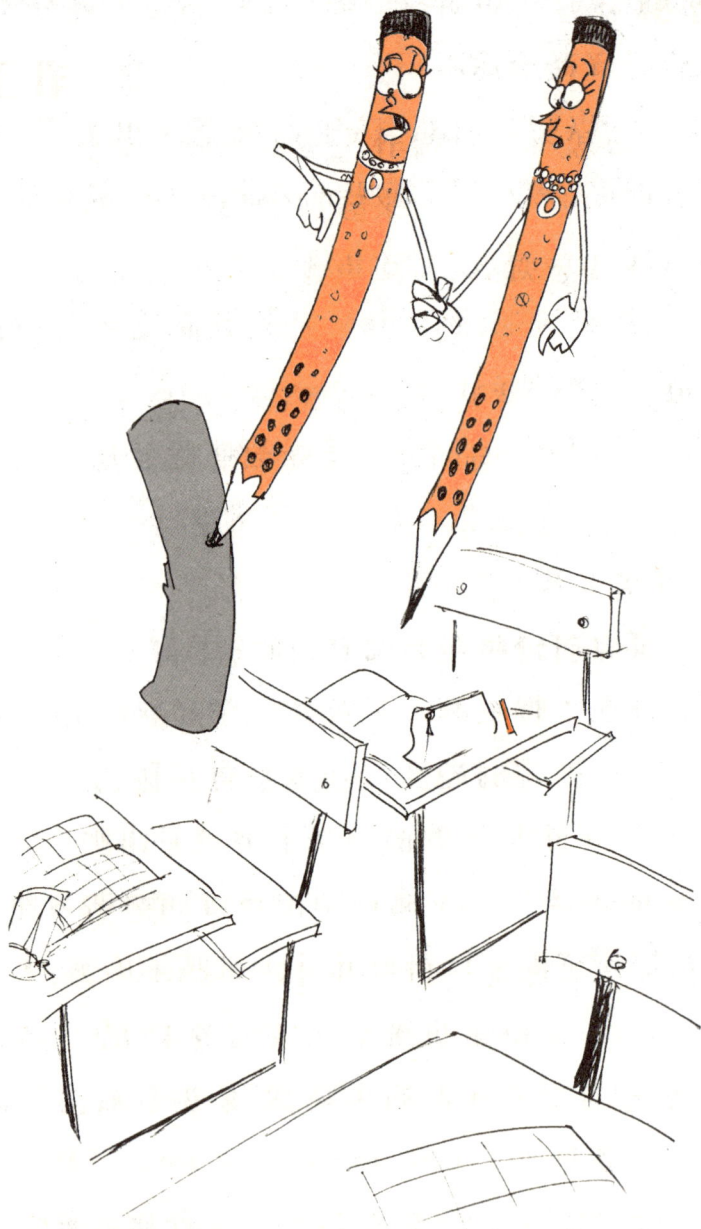

备动作。

"准备好了吗？"潘妮问。

"好了！"波莉答。

她们一起朝握笔套狂奔过去。

"**好，一、二……跳**！"潘妮发出了命令。

两支铅笔一跃到了空中，不偏不倚地踏在了握笔套上。柔软的握笔套深深地陷了一下，突然又弹起来，把她们俩弹到了高空。

"哇哈！我们起飞了！"两支铅笔从前一排的课桌上朝后面一排的课桌飞去，潘妮激动得大叫起来。

"别只顾着高兴，我觉得有点不对劲。"波莉说。

"你脚上套着什么东西呢？"潘妮问。

"是握笔套，这下子倒把我握得够紧。"波莉自嘲着使劲踢腿，想甩掉握笔套。

"别，别急着甩掉它！"潘妮连忙阻拦，"说不定我们过会儿还用得上它呢。小心！我们就要降落到波尔特的课桌上了……"

潘妮笔尖落地，姿态优雅。波莉却没那么走

运，她脚上套着握笔套，"嗖"的一下，又被弹到了高空。

"这次试着别让握笔套先落地。"潘妮高喊着。

波莉又一次跌落到课桌上的时候，她在半空中翻了个跟头，以免脚先落地。结果波莉一个**倒栽葱**摔到了课桌上，脑袋撞到桌面发出"咚"的一声巨响。

"哎哟！"波莉痛苦得叫出声来。

"你还好吧？"潘妮紧张地问。

"我好像走不了了，"波莉呻吟着，"脑袋快要裂开了。"

"拿着，把这个戴到头上。"潘妮扯下套在波莉脚上的握笔套，把它套在了波莉的脑袋上。

"神奇疗效，立刻见效！"潘妮说，"试试看，能不能站起来？"

波莉点点头，潘妮扶她站了起来。

"走一步瞧瞧。"潘妮说。

波莉试着往前走，她刚迈出一步便失去平衡，一声闷响又栽倒在地上。

"唉，我是没办法陪你继续探险了。"波莉遗憾地说。

"不会吧？"潘妮傻眼了，一想到要独自面对黑马克和鲁比，她突然觉得心里很没底。

"潘妮，你快去吧，"波莉说，"我只会拖了你的后腿。谁知道下一步黑马克又会要什么阴谋诡计？"

"**好吧**，"潘妮点点头，"不过你得往课桌里头躺躺，离桌边远着点儿。我可不想你脑袋一晕、眼睛一花，就从桌边掉下去。虽说还有个握笔套给你垫背，但是那种滋味说什么也不好过呀。"

波莉艰难地拖动身子朝后挪了挪。她们俩谁也没注意到，波莉一不小心踢到了一块橡皮灰。

"我快去快回。"潘妮对波莉嘱咐了一番，便急匆匆朝小坏蛋波尔特的笔袋跳去。

第十三章

铅笔的坟墓

　　离波尔特的笔袋越近，潘妮就越紧张。这一路上橡皮灰堆得越来越密实，潘妮得特别小心才不会踩在上面。

　　潘妮来到波尔特的笔袋前，将拉链偷偷拉开一丁点儿缝，使劲挤了进去。波尔特的笔袋内好像**一个战场**，里面到处都是铅笔屑、被咬得伤痕累累的笔帽和断了铅芯的铅笔。潘妮还没来得及拉上拉链，只听见身后响起一阵杂乱的脚步声。她连忙躲到一堆废墟后面。只见紫色马克笔和黄色马克笔正朝她走来。

紫色马克笔手里**紧紧拽着**一根绳子，似乎有什么东西在拉着他往前走。潘妮悄悄从废墟后面探出脑袋往外看，她终于看清楚谁在那根绳子的前头了……居然是鲁比！

"那边的封锁线损坏了，"紫色马克笔说，"把部下集合起来吧，我要到外面查看一下。"黄色马克笔脑袋一点，大踏步走掉了。

紫色马克笔正在拉拉链，鲁比鼻子贴在地上左嗅右闻，使劲闻了三下以后，这走狗就朝潘

妮藏身的地方走去。

"哎呀,糟了——他闻到我身上的味道了!"潘妮暗暗着急,不由得叫出了声。

鲁比立刻支棱起了耳朵。

"**真见鬼**!走狗听得见我说话的声音!"潘妮一急,声调又高出不少。

鲁比冲着潘妮藏身的那堆废墟狂吠了几声。

"走了,伙计,"紫色马克笔说着,扯了扯拴在鲁比脖颈儿上的绳套,"我们还得继续巡逻呢。"拉链被拉上以后,潘妮这才从藏身的地方走了出来。潘妮一时陷入了茫然,不知道下一步该怎么办。她跟鲁比狭路相逢,倒印证了潘妮先前的猜测:这里果然就是黑马克的老巢。不过,波莉这会儿还留在外面,而且她完全没有自卫能力,不妙的是鲁比和黑马克的巡逻兵正在朝波莉待的方向走去。

"就这么办!"潘妮果断地自言自语着,"我要先把波莉送回莎拉的笔袋,然后联络格鲁普和麦克跟我一起来对抗黑马克。"

就在潘妮悄悄从藏身的地方探出脚的时

候，她突然听到身后响起一阵沉重的脚步声。潘妮一个箭步跳到废墟后面。潘妮脚刚落地，一大队马克军团迈着整齐的步伐朝拉链方向大步地走去，打头阵的居然是黑马克！

"怎么没早点通知我？"黑马克**厉声训斥**黄色马克笔。

"报告，我以最快速度赶来向您汇报了，司令！"黄色马克笔毕恭毕敬地说，"紫马克和鲁比正在巡逻，他们马上就会发现可疑的入侵者……"

拉链"吱"的一声响，打断了黄色马克笔的

话。三个身影跨进了拉链入口：紫马克、鲁比，还有一位居然是波莉！波莉吓得面如土色，浑身发抖。

"**哼哼**！"黑马克大步走到他们面前，"乖乖，是什么风把您给吹来了？"说着，他把一块吃的东西顺手朝鲁比丢了过去。

紫马克向前跨了一步，深吸一口气，开始报告："标准时间十三点整，我方安全系统发现封锁线有损坏。身为执勤指挥官，我立刻派黄马克通知您并请求部属增援。随后我带着鲁比四处搜寻，一举捉拿了这名入侵者。报告长官，报告完毕！"紫马克一口气把话说完，举起胳膊行了个礼。

"**干得好**，巡佐。"黑马克赞许地点点头，就掉头围着波莉慢慢悠悠地兜起了圈子。

"你看起来好像很面熟嘛，"黑马克说着，又跨步上前，把波莉从头到脚打量了一番，"要我说，要是我们把你身上那个握笔套拿掉的话……鲁比！"

鲁比听到招呼，朝波莉猛扑过去，对准波莉

身上的握笔套死命咬了一口，身子拼命往后退着把握笔套拽了下来。波莉本来的样子一下子暴露在黑马克面前。波莉吓得浑身战栗，紧闭着双眼。

"**果然没错**，"黑马克阴险地凑到波莉面前，"我们真是有缘呀，可爱的铅笔潘妮小姐。"

躲在一堆废墟后面的潘妮看见波莉先是吃了一惊，紧接着波莉猛然睁开了双眼，脸上突然浮现出神秘的微笑。

"黑马克，你说的没错。我们真是有缘！"波莉沉着地应对着。

"您此次前来，居然没把那个卑鄙小人格鲁普一道带过来，实在是桩憾事呀！"黑马克阴阳怪气地说。

"凭什么我要带他来？"波莉勇敢地顶撞了一句："他显然没本事干这个，上一回他把事情都搞砸了。"

"你觉得自己就有本事了？"黑马克哈哈大笑，不拿正眼看波莉。

"对我来说，灭了你是轻而易举的事！"波莉**面不改色**地说道。

"当真？"黑马克收住了笑，把脸一沉。

"当真。"波莉毫不退让。

"那你怎么还不灭了我呢？"黑马克凑上来，把脸几乎贴到了波莉的脸上，满嘴的唾沫喷到波莉脸上。

"我这不是设身处地为您考虑嘛，不想让您这个大人物在全体部下面前丢脸呀！"波莉故意压低了声音，潘妮几乎听不真切。

黑马克脸色一变，眼睛眯成了两条缝。

"说吧，"波莉面色不改，"既然我已经帮了

您这么大一个忙,您是不是也该礼尚往来一下,透露一下您的邪恶计划?"

"**乐意至极**!"黑马克阴险地笑了笑,"今晚过后,波尔特将会成为全校最聪明的孩子。"

"波尔特?"潘妮失声惊叫起来。

鲁比警觉地朝潘妮藏身的废墟狂吠起来。黑马克不耐烦地朝鲁比丢了一块吃的,堵上了他的嘴。

"噢,真的呀?!"波莉不动声色地朝那堆废墟扫了一眼,"这么说来,黑马克大人,您居然把空闲时间贡献给家教事业了?"

"比你想的要高明多了,"黑马克轻蔑地说,"我可没心思帮波尔特把学习搞上去,我只不过把其余孩子的学习给搞糟了而已。在拉尔夫的历史练习本上涂鸦的是本大人，毁坏莎拉参加全校涂色大赛的参赛作品的也是本大人，擦掉拉尔夫试卷上的答案，也是鲁比听从本大人的命令下的手。"

"哎呀呀,黑马克大人,"波莉**冷嘲热讽**,"看不出来,您居然是位聪明绝顶的人物！可您干吗不把这满脑袋的聪明用在做好事上，非要干些邪恶的勾当呢？"

"哈哈哈哈,"黑马克一阵狂笑,"那样就没有一点乐趣可言了。只要肯下功夫，谁都能在学习上得高分。"

黑马克这番话似乎颇有道理，潘妮不由自主地点了点头。当她意识到自己在赞同黑马克的话时，心里吃了一惊。

"您这番计划听起来可够宏大的,似乎很费力气。"波莉继续引黑马克说下去。

"费力气的又不是我！"黑马克狂妄地大笑起来。

"那是？"波莉掩饰着内心的好奇，漫不经心地发问。

"你不会以为这点儿彩色马克笔就是我所有的部下了吧？"黑马克**轻蔑**地说。

"哦，不是，当然不是。"波莉连忙奉承道。

"你不会忘了就在不久前，索德太太没收了所有孩子的黑色马克笔这件事情了吧？"黑马克得意地说，"鄙人单枪匹马逃过了此劫。不怕告诉你，今晚，我的黑马克纵队就要全体动员起来，把索德太太课桌上的测试成绩全都改掉。莎拉、拉尔夫和其余所有的孩子，除了波尔特，都会得到不及格的分数。"

"你这个彻头彻尾的大坏蛋，黑……"潘妮气得浑身发抖，忍不住大喊一声。

鲁比闻声狂吠起来，死死地挣着绳套，想要朝潘妮藏身的废墟方向**扑去**。

黑马克看了看那堆废墟，眯起了双眼，又弓起身子凑到波莉面前仔细地审视了好一阵子。

"你是怎么办到的？"他问。

"办到什么？"波莉不明就里。

"说话不动嘴巴，声音好像还是从那边传过

来的。"黑马克说着,朝潘妮藏身的废墟努了
努嘴。

波莉慌乱地扫了一眼废墟。

"要是你够聪明,"波莉急中生智地挑衅,
"不用我说,你自然能弄明白。"

黑马克一言不发,盯着波莉看了足足有十
几秒,然后不大情愿地挺起了身子。

"把她带走!"黑马克**一声令下**,紫马克
快步上前,一把扳过波莉的双肩,粗暴地推搡着
她走过了潘妮的藏身处。

鲁比紧跟在大部队后面，他呼哧呼哧地吸着鼻子，到处嗅来嗅去，又汪汪叫唤着。潘妮吓得大气也不敢出，死死闭着双眼。鲁比不甘心地嗅了几下，终于放弃了搜寻，跟着马克军团走到了笔袋深处。

　　等到风头过去，潘妮探头探脑地从藏身的地方溜了出来。她捡起被丢弃在地上的握笔套，在握笔套的助力下，以最快的速度弹跳着回到拉尔夫的笔袋里——她要去搬救兵了。

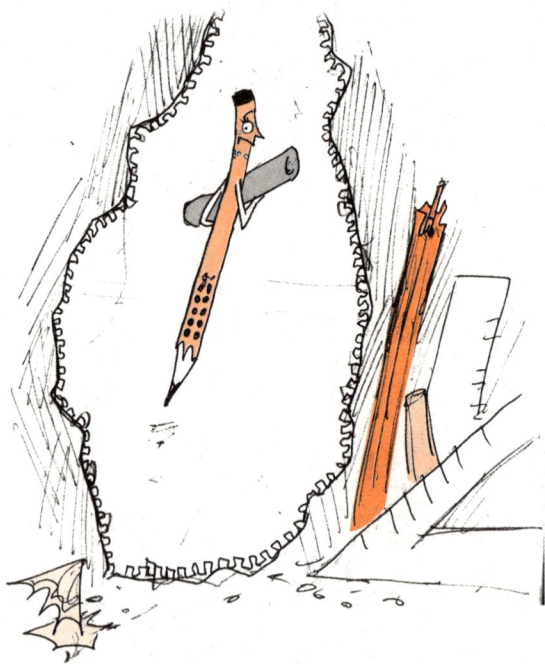

第十四章

拯救密探波莉

"干得好，潘妮。"潘妮把从波尔特笔袋里打探到的情况一五一十地汇报给大家以后，格鲁普不住地点头表示赞许，"看来我们要大干一场了。我们要赶快行动，把铅笔和作业纸全都联合起来，越多越好。潘妮和麦克，你们负责联合铅笔。小不点，跟我来。"

潘妮和麦克**风风火火**地在笔袋里跑来跑去，想要说服拉尔夫的彩色铅笔加入援救队伍。

"那又怎样？"琥珀满不在乎地反问一句。

"莎拉的一支铅笔的死活跟我们有什么关系？"翡翠冷冷地说。

"测试成绩？我只不过是一支没头脑的涂色棒，我能有什么用！"

红铅笔斯嘉丽冲着潘妮发了一通牢骚。

"没希望了，"麦克哭丧着脸，"就连我的闪亮招牌——露齿笑也不灵光了。"

"连一名志愿兵都没招到吗?"潘妮还抱着一线希望。

麦克伤心地摇了摇头。

"我这里也是零,不过我知道到哪儿能召集到志愿军,"潘妮催促着,"**快跟我来**！"

潘妮带着麦克跑出笔袋，来到莎拉的课桌上。路上,他们遇到了格鲁普和小不点正在埋头折纸翼龙。

"他们在干吗?"麦克看他们干得热火朝天,不由得停下了脚步观望起来。

"手工折纸啊。"潘妮的目光越过麦克的肩膀看了看,风趣地回答。

潘妮风风火火地赶到了莎拉的笔袋前，**敲了敲门**。

一支紫色的铅笔打开了笔袋。

"波莉！你怎么回来这么晚？怎么还敲起了自家的门？"紫罗兰感到很诧异。

"首先，我不是波莉，我是潘妮。其次，波莉的处境很危险。我们要拯救波莉，就得把铅笔联合起来，越多越好。"潘妮一口气把话说完。

"明白！"紫罗兰立刻把莎拉的彩色铅笔全都召集起来，大家纷纷表示愿意帮忙。

"你们的数量有多少？"潘妮问，当她看到莎拉的铅笔眨眼间便排成整齐的四排队伍，不禁暗自钦佩莎拉的彩色铅笔可以这么**团结一致并且训练有素**。

"一共 24 支。"紫罗兰答道。

"只有 24 支？"麦克有些泄气，"差得远呢！全班一共有 30 个孩子，也就是说光黑色马克笔就有 30 支！"

"眼下也只能这样了，"潘妮果断地说，"跟我来。"

潘妮和麦克带领着莎拉的彩色铅笔来到了格鲁普和小不点忙碌的地方，他们身边整整齐齐地排列着用一大摞作业纸折出的翼龙纵队。

"你们叠了多少只纸翼龙？"潘妮眼睛一亮。

"25 只！"小不点气喘吁吁地答道。

"太棒了！"

潘妮兴奋得跳了起来。

"什么？"看到潘妮身后的铅笔志愿军，格鲁普不满地挑起了眉毛，"才24支彩色铅笔？我们要跟至少30支黑色马克笔决战呢。"

"可是莎拉只有这么些铅笔了。"潘妮无可奈何地回应着，两眼朝索德太太的讲桌上扫来扫去。那群黑色马克笔从讲桌上的盒子里蜂拥而出，急急忙忙朝一大摞试卷的方向狂奔。"我们没时间了！"潘妮大叫起来。

"好了，"格鲁普捡起一只纸翼龙，"大伙儿每人捡起一只'大鸟'，跟我上！"

格鲁普托着纸翼龙跑到桌子沿儿，朝空中纵身一跳。

他敏捷一跳，稳稳地落到翼龙背上，在课桌上**飞行盘旋**。

"就像我这样，跑、跳、爬，动作要连贯。"格鲁普鼓励着大伙。

莎拉的彩色铅笔一秒钟也不耽搁，她们纷纷抓起纸翼龙，朝桌子沿儿跑去。这一系列的动作可够惊险的，她们心里怕得直发毛，不过她们

全都顺顺当当地骑着纸翼龙飞了起来，没有一个栽在地上。

"快呀！"格鲁普招呼着，带领空军大部队朝索德太太课桌上的马克军团发动了进攻。

"他们不会有事吧？"麦克忧心忡忡地问。

"别担心。有格鲁普的指挥，咱们尽管放心。"潘妮一边安慰麦克，一边忙着给自己折纸翼龙。

"你忙活什么呢？"麦克问。

"我们也用得上呀，"潘妮说，"麦克，搂好我的腰。小不点，抱紧麦克。"

潘妮头戴握笔套，手托纸翼龙，全副武装朝桌子沿儿跑去。麦克和小不点听从潘妮的安排，互相抓得紧紧的，跟在潘妮身后跑。突然，他们感觉自己的脚离开了桌面，身体凌空，越飞越高。

"快爬上来！"潘妮招呼着，帮着麦克和小不点一一坐好。

潘妮**小心谨慎**地掌控着纸翼龙，朝波尔特的课桌飞去。潘妮生怕纸翼龙拍动着双翅，会吹起黑马克用橡皮灰布下的诡雷陷阱。

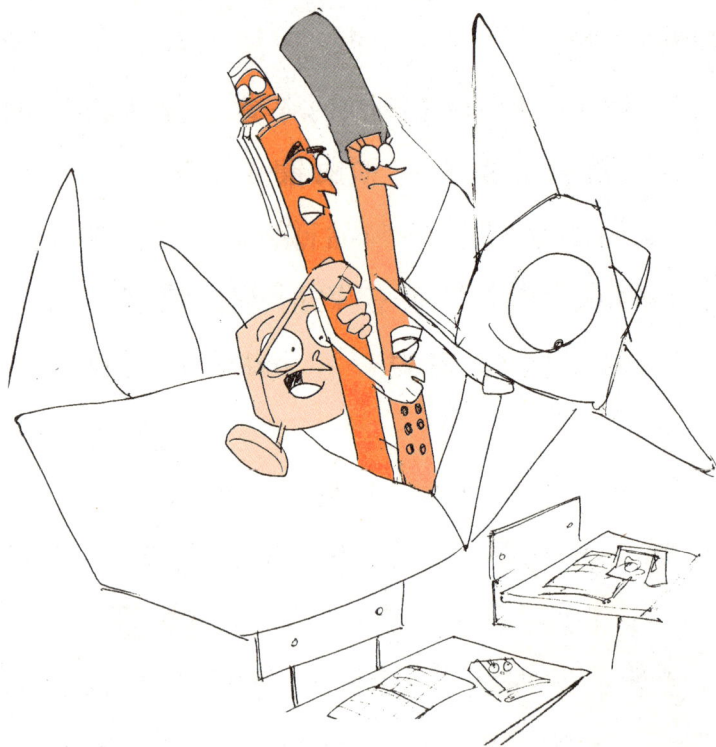

　　"我会尽量靠近波尔特的笔袋,然后把你们放下来。"潘妮说,"周围到处都是诡雷陷阱,你们每踏出一步都要当心,千万不要把警报铃弄响了。"

　　麦克和小不点纵身跳下纸翼龙,**小心翼翼**地躲开用橡皮灰布下的诡雷陷阱。

　　"谢谢你送我们一程。"潘妮轻轻拍了拍纸

翼龙,也跳了下来。

纸翼龙拍打着双翅飞走了。一阵强风吹得潘妮站立不稳,眼看就要跌倒。

"不好……"潘妮惊叫一声,想起波莉被捕的下场,心中暗暗叫苦。

"放心,有我在呢。"麦克迎上来,把潘妮揽入怀中。

"谢谢。"潘妮低声说着,脸上飞起两朵红霞。

"啊哈!"小不点打破了尴尬的气氛,"我们好像还有任务要完成吧?"

"哦,是的。"潘妮咳嗽了两声,掩饰着自己的尴尬,"波尔特的笔袋周围布置了警报系统,我们得分头行动。"潘妮脸上的神色又变得凝重了起来。

我有主意了!"麦克说。

麦克把头上的橡皮小麦克从笔帽里取下来，把他放在桌面上。

"小朋友，乖乖守在这里。"麦克说，"我们很快回来。"

说完，麦克走到潘妮和小不点身边，一起站在波尔特笔袋外拉链开口附近。

潘妮悄悄挪到了拉链口。她双手拿着握笔套，一不留神踩到了一块橡皮灰，碰响了警报铃。

"**你疯了**？"小麦克气呼呼地嚷嚷着，拉链"唰"的一声被拉开了，小麦克吓得

浑身乱抖。

　　鲁比气势汹汹地
从笔袋里冲了出来，嘴
里飞溅着白沫。当鲁比
看到小麦克的时候，先
是愣了一下，然后就踏
着轻快的步子跑到小
麦克面前，讨好般地在
他脸上舔了又舔。

　　潘妮抓住这个好
机会，赶紧把握笔套套
到鲁比身上，把他的四条腿，还有那张可怕的大
嘴牢牢地卡住了。

　　"这下你可以老实一阵子了吧。"大功告成
之后，潘妮松了一口气。

　　麦克一把抱起瑟瑟发抖的小麦克，把他放
回帽子底下。

　　"好了，小朋友，现在你安全了，"麦克慈爱
地说，"你的表现**棒极了**。"

　　"搞定一个，向下一个目标——"潘妮拍了

拍双手，"出发！"

小不点和麦克点点头，三位勇士大跨步踏进了波尔特的笔袋里。

大家经过商议，决定请小不点假扮鲁比，押着两名"入侵者"去见黑马克。"**你确定**这样能行？"小不点不大放心。

"这得看你的表演功夫有多到家了！"潘妮眨了眨眼睛，"给大伙吼几嗓子听听。"

小不点龇着牙怪叫了几声。这几声哪里称得上是怒吼，倒不如说是呜咽更准确。

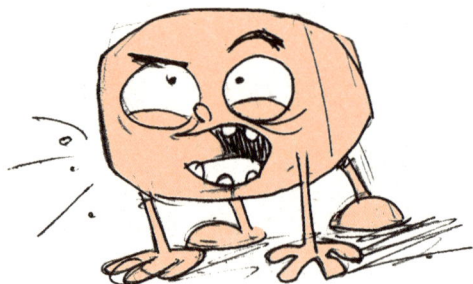

"这可不够凶猛呀，"潘妮打趣着，"再来一次。"

小不点扯着嗓子又叫了几声。

小麦克耐不住了，迫不及待地从麦克帽子底下露出头来。

"连我都比你强呢，"小麦克说，"另外，我擦起字来还能不落橡皮灰……"

"汪汪！"小不点被激怒了，吼叫声突然变得很凶猛。

"好多了！"潘妮赞许地点点头，就连她也被这叫声吓得心里一惊，"现在试着往嘴边喷点飞沫。"

"假装你是在朝小麦克吐口水。"麦克加了一句。

"**哼哼**！"小麦克在麦克的帽子底下叫唤了两声以示抗议。

麦克的话果然起了作用。小不点先是咆哮了几声，接着满嘴喷着白沫，还装模作样地在两支铅笔脚下嗅了嗅。他把鲁比的一举一动都模仿得惟妙惟肖，巡逻的马克卫兵没有一个停下来阻拦他们的去路。

这会儿在笔袋外的课桌上，真鲁比猛打猛摔，拼命挣扎着想要从握笔套里挣脱出来。他在波尔特的笔袋外像只没头苍蝇一般乱蹦乱跳，突然握笔套被牢牢地卡在了拉链头上。鲁比一阵生拉硬拽，只听"**扑通**"一声，他从握笔套里飞了出去，重重地砸在了桌面上。鲁比恶狠狠地咆哮着，白沫飞溅，那样子看起来比先前凶猛了十多倍！他怒气冲冲，一头扎进了波尔特的笔袋，嗅着"入侵者"的气味一路狂追了过去。

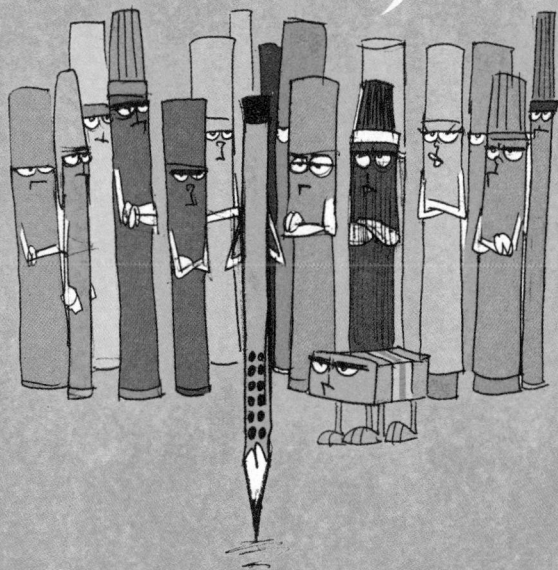

第十五章

救命铃声

　　潘妮、麦克和小不点走到波尔特的笔袋深处,里面**黑咕隆咚**的,什么也看不见。

　　"你弄得清楚我们在朝哪个方向走吗?"麦克问。

　　"黑马克一定就在附近的某个地方……"潘妮说。

　　"嘘!"小不点竖起耳朵,叫大家安静。

　　"在那儿!"

　　潘妮和麦克尾随在小不点身后,沿着一道幽黑、荒凉的走廊向前探寻。他们每前行一步,就能感觉到前方那熟悉、阴沉的声音又近了一分，说话的分贝也高了一些。

"铅笔潘妮，你好好给我听着，等一会儿……"那声音阴森又可怕，"我的马克军团就会向我报告，孩子们的成绩都被涂改了，波尔特将会成为全校最聪明的孩子。"

紧接着传来一阵轻柔、尖锐的声音，不过那声音听起来实在微弱，潘妮和大伙儿都没听到说的是什么。他们三个跑到门口探头探脑地朝屋子里张望，只见波莉紧贴着对面墙壁，被**五花大绑**，捆得结结实实。

黑马克在波莉和门口之间来回地走动着。趁着黑马克背过身去，潘妮赶紧朝波莉挥手，示意她来了。

"听好了,我来引开黑马克,你们两个快去解救波莉。"潘妮悄悄给麦克和小不点分配好任务。

然后,潘妮大义凛然地走进了房间。

"随时随刻,"黑马克嘟囔着,"随时随刻……"

"随时随刻什么?"潘妮**大喝一声**。

黑马克猛地转过身。

"什么……?你怎么……?"黑马克简直不敢相信自己的眼睛。

潘妮又朝前迈了几步,逼近黑马克。

趁黑马克死死地盯着潘妮,门口失守的机会,小不点和麦克偷偷溜了进去,赶紧去解救波莉。

"还是让我明白地告诉你吧,黑马克,魔高一尺,道高一丈,机关算尽也没用,你又一次失算了。"潘妮一边说,一边朝门口退去,在麦克和小不点给波莉松绑的时候,她成功将黑马克的目光从波莉那里引开。

"**卫兵**!立刻向笔袋控制中心汇报!"黑马

克冲着他手腕上的一部小对讲机高声嚷嚷。

"恐怕没有一支马克笔会听你的了。"潘妮说,"你还不知道吧,格鲁普已经发现了你的阴谋,这一回他会把问题处理得干净利索。"

黑马克笑得很阴险。

"没有一支马克笔会听我的?"黑马克反问。

"正确,"潘妮说,"一支也没有。"

"你倒给我解释解释这个,铅笔潘妮!"黑马克说着,指了指她身后。

潘妮慢慢转过身,她面前围着一大排彩色马克笔,队伍就像铜墙铁壁一般牢固。

潘妮大惊失色,她一低头,就看到这帮马克笔前面正站着一块橡皮,只见他**目露凶光**,磨着利齿,样子很吓人。

"干得好,小不点,"潘妮小声说,"我差点当

真了呢。你这吓人的表情模仿得不错。"

"哎呀,潘妮。"小不点从房间另一头喊了一声。

"嘿,你怎么会……? 噢,糟了……"潘妮暗叫不妙,她这才注意到,面前这块橡皮的利齿上还有握笔套的勒痕。他根本不是小不点,他是鲁比!

鲁比狂吠一声,朝潘妮紧逼过去,潘妮被逼得步步倒退,一不留神就撞到了黑马克身上。

"可把你给抓住了!"黑马克大叫一声。

"想都别想，我在这儿呢。"房间另一端响起波莉的声音。

听到波莉的声音，黑马克一把放开了潘妮，飞快地转过身子。

"潘妮，快跑！"波莉大喊。

潘妮一秒钟也不耽搁，飞快地跑到了朋友们身边。

"别傻待在那里，"黑马克对他的马克军团一声怒喝，"**抓住她**！"

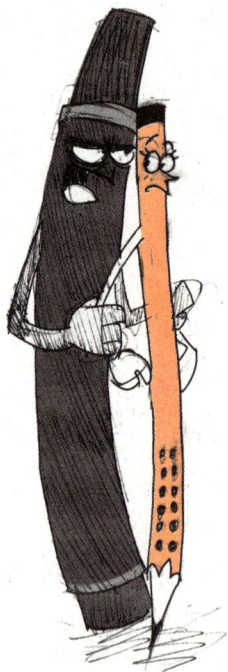

"抓哪一个？"紫马克没头没脑地问。

"她们长得太像了呀。"黄马克一脸茫然地站在原地。

"**谁也别放过**！"黑马克咆哮起来。

马克军团一窝蜂朝潘妮和波莉追去。

"姑娘们，别担心，"麦克勇猛地站在朋友们前面，用身体掩护她们，防备步步逼近的

马克军团。"你们先跑,我们来打掩护。"

"我们?"小不点不解地反问了一句,看到马克军团的阵势,小不点胆怯地朝后退守。

当马克军团和鲁比朝麦克和小不点包抄过去的时候,潘妮和波莉逃掉了。

"他们真够凶的。"小不点说着,打了个哆嗦。

"他们一走近就显得更庞大了,是不是?"危急关头,麦克居然还有心思调侃。

"你有什么脱险计划?"小不点问。

马克军团已经近在咫尺了,麦克和小不点

都能闻到他们身上散发出来的墨水味。

"计划？哦，我刚刚没空考虑这个。"麦克说。

"我们该怎么办？"小不点一下子慌了神，快要哭出来了。

"**跑**！"麦克好像也被吓破了胆，铅芯居然从身体里掉了出来。

小不点和麦克转身就跑，麦克的铅芯撒了一地。马克军团在他们身后没命地追，他们的脚踩在麦克的铅芯上时，呼呼啦啦全都滑倒了，东倒西歪、**一片狼藉**。

"你是怎么做到的？"他们跑出去很远，暂时脱离了险境时，小不点诧异地问。

"我也不知道，"麦克老老实实地说，"我每次吓破胆的时候都会出这样的状况。"

"帅呆了！"小不点兴奋地高呼，"哦……肚子里还有货吗？"

"怎么了？"麦克问。

他回头一望，黑马克和鲁比踩着东倒西歪的马克军团大步朝他们逼近。

"我的铅芯都用光了！"麦克说。

"我们现在该怎么办？"小不点又慌了。

"加速跑……"麦克说。

潘妮和波莉跑在最前面，她们已经到达笔袋拉链口。潘妮打开拉链跳了出去，波莉紧随其后。拉链外面，索德太太的课桌清晰可见。丢盔弃甲的黑色马克笔散落了一桌子，格鲁普、铅笔和纸翼龙纵队胜利归来，他们在索德太太的讲桌上刚刚打赢了一场战斗。

"快点，伙伴们！快呀……"波莉冲着小不点和麦克高喊。

小不点一跃跳出了拉链口，可是麦克还远远落在后面，眼见黑马克和鲁比就要追上他了。

"麦克，快呀……"潘妮焦急地大叫起来，"他们就要抓住你了。"

麦克能感觉到黑马克呼出的热气直达他后脖子上，他也能感觉到鲁比的大嘴狠狠地一张一合，想要咬他的后脚踝。

麦克飞身一跃，朝拉链口冲了过去。有那么短暂的一瞬间，麦克似乎瞥见了自由之光，

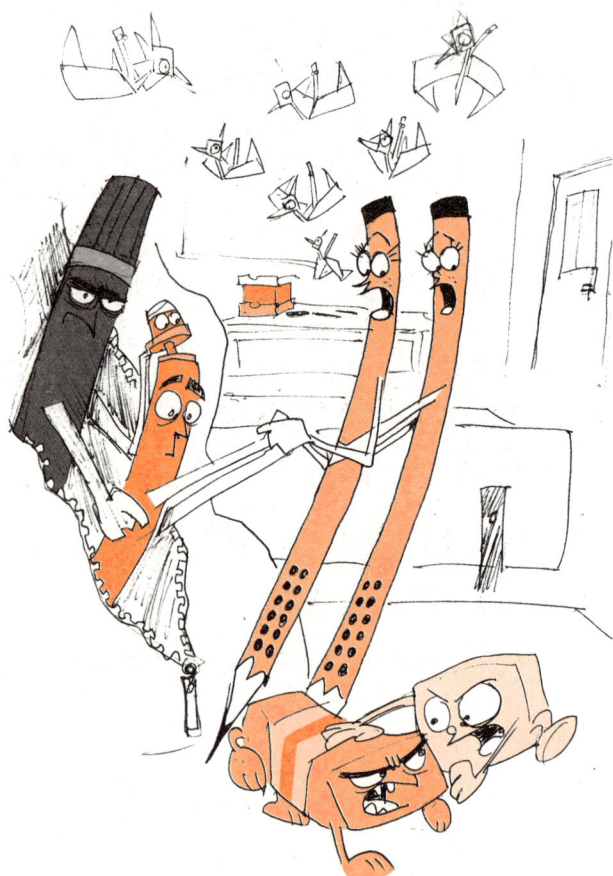

然而一只大手突然伸过来，拽住了他。

"哈哈，这下你可跑不掉了！"黑马克猖狂地吼叫着。

"**麦克**！"看到麦克被硬生生地拉回波尔特的笔袋，潘妮失声尖叫起来。她死死地抓住麦克，想要把他往外拉。

"我、我办不到……他的力量……太大了……"

潘妮使出全身力气，可还是敌不过黑马克。

就在这个危急关头，波莉伸手揽住了潘妮的腰，将她用力往后拉。麦克突然停住了后退。两支铅笔同时发力，她们的合力足以阻拦麦克被黑马克拽回波尔特的笔袋。小不点用牙轻轻咬住波莉的后脚踝，用力往后撤。他们三个齐心协力又拉又扯，麦克开始慢慢朝波尔特的笔袋外移动。

"**起作用了**！"潘妮兴奋地嚷嚷，"他出来了！"

突然，一个东西从潘妮和波莉的头顶上方飞了过去，砸在了小不点身上。

"哎哟！"小不点痛得惨叫一声，松开了波莉的脚踝。

少了小不点的一份力气，力大无比的黑马克不光把麦克拽了过去，就连潘妮和波莉也因体力不支而被拽到他身边。

潘妮回头想要喊救兵，只见小不点和鲁比正**针锋相对**地乱叫乱咬，两块橡皮打斗的身影被灿烂的阳光投在了课桌上。

"大伙儿都到哪儿去了?"潘妮大声嚷嚷着, "他们为什么不赶过来帮我们一把?"

话刚落音,铃声突然响了。孩子们闹哄哄地朝教室跑过来。

"天亮了。孩子们来了!"波莉看到了希望。

"拉链也开了!"潘妮激动地高喊着。

铅笔们突然停止了拉扯,就连黑马克也放开了麦克,躺在那里一动不动,看来他也不想破坏笔袋规矩的第一条:孩子们将拉链打开期间,不得有任何走动和聊天行为。

波尔特的课桌上,两块橡皮乖乖地躺在那儿,不再打斗了。

教室门"砰"的一声被推开了,孩子们一窝蜂拥了进来。他们叽叽喳喳吵闹着,回到各自座位上。椅子被孩子们乱拖乱拽一气,地板被椅子腿蹭得吱吱乱响。一阵喧闹之后,孩子们陆续在座位上坐好,渐渐安静下来。

"怎么会这样!"拉尔夫惊叫一声,"我把另一支灰芯铅笔也弄丢了。老妈一定会大发脾气的。"

"说不准你的铅笔跟我的混到一起了。"莎

拉一边安慰着拉尔夫，一边打开了自己的笔袋。

"你的铅笔不在我这儿。我的灰芯铅笔竟然也不见了。是不是它掉到哪儿了……"莎拉一边嘀咕着，一边低头在地板上找起来。

她腾地站起来的时候，目光被波尔特课桌上的东西吸引住了。

"嘿，拉尔夫，这是你的橡皮吗？"莎拉说着，从波尔特的课桌上捡起小不点，把它递给拉尔夫。

"**是我的**。"拉尔夫赶紧接住了小不点。

"还有，这是我的铅笔。"莎拉说着，又捡起了波莉。这会儿，波莉一半身子在波尔特的笔袋里，一半露在课桌外面。

"你在干什么？"波尔特怒吼一声，一把从莎拉手里夺过他的笔袋。

"你偷了我们的铅笔！"莎拉又把笔袋抢了过来，"这笔袋里还有什么？"

莎拉和波尔特死死地抓着笔袋的两头，谁也不肯放手。

"**你放手**！这是我的笔袋。"波尔特大叫

一声，使劲拽了一下。

"你让我看清楚！"莎拉毫不退让，猛地把笔袋又拽过来。

莎拉和波尔特正抢得不可开交，根本没有注意到教室里突然鸦雀无声——索德太太走进教室了。

"孩子们，孩子们！"索德太太拍着手维持秩序。

莎拉和波尔特互瞪了对方一眼，不再争来抢去，不过他们还是紧紧抓着笔袋，谁也不肯先放手。

"莎拉,那是你的笔袋吗?"索德太太问。

"不是。"莎拉回答。

"请你把它还给波尔特!"索德太太严肃地说。

"可是他偷了……"莎拉大声地辩解着。

"我再说一遍,把它还给波尔特!"索德太太一副不容置疑的口吻。

莎拉气呼呼地一撒手,笔袋里的东西"**哗啦**"一下全都撒在了地板上,潘妮、麦克和黑马克也掉了出来。

"这是什么?"索德太太从地上捡起了黑马克。

　　"我最近有没有说过，在学校里不准用黑色马克笔？"

　　"说过，索德太太。"波尔特不情愿地咕哝着。

　　"我要把这个没收。"索德太太拿着黑马克大步走到讲台上。

　　"我也要把这些统统没收。"莎拉把麦克和潘妮捡起来，递到拉尔夫的手里。

　　拉尔夫把潘妮放到课桌上，接着他轻轻按了几下麦克的脑袋，想按出一截铅芯，可是麦克的肚子里空空的，什么也没吐出来。

"愚蠢的铅笔!"拉尔夫气呼呼地把麦克丢进笔袋里,拿起潘妮开始写字。

潘妮上一回写字, 被咬笔头大王肖恩折磨得**遍体鳞伤**,经历了一场相当恐怖的书写过程。如今终于回到盼望已久的工作岗位上,潘妮竟然一点儿也兴奋不起来,她满脑子想的都是麦克的遭遇。从最受拉尔夫宠爱的铅笔之星到突然被打入冷宫,成为拉尔夫最不喜欢的铅笔,这种一落千丈的痛苦滋味,潘妮再熟悉不过了。麦克**英勇奋战**,到头来却因为用尽了铅芯而遭受冷落,这太不公平了!另外,潘妮还很好奇, 不知道格鲁普和莎拉的彩色铅笔那边的任务完成得怎么样了。

潘妮一肚子心事, 数学作业偏偏又多得好像永远也做不完。潘妮感觉自己做了足足有上

百道算术题,下课铃声才终于响起。拉尔夫把潘妮放回笔袋。可是潘妮差点挤不进去。拉尔夫的笔袋居然变得跟露西的笔袋一样,里面满满当当的全是铅笔,被撑得紧绷绷的。

"让我过去,"潘妮着急地喊着,"我要找到格鲁普。"

"不好意思。"琥珀说,"不过我们都赶着要去开大会呢。"

"去哪儿开会?"潘妮问。

"莎拉的笔袋。"翡翠说。

等到教室里人都走光了,拉尔夫的铅笔迫不及待地从笔袋里溜出来,朝莎拉的笔袋里滚过去。没一会儿工夫,他们全都挤进了莎拉的笔袋里。

莎拉的笔袋里**张灯结彩**,装饰一新,里面飘荡着气球,垂挂着彩带,一条写着"祝贺大家!"的横幅高挂在笔袋顶部,笔袋内壁还贴满了晶莹闪亮的星星装饰挂件。

"哇,真是太漂亮了!"潘妮睁大了双眼,不住地赞叹着,"到底要开什么会呢?"

只听"嘘"的一声，莎拉的笔袋里顿时安静了下来，一个圆胖的身影摇摇摆摆地走到了麦克风前，是格鲁普！

"首先，我对拉尔夫的铅笔和莎拉的铅笔表示热烈的欢迎，"格鲁普洪亮的声音响彻整个笔袋，"大家都知道，我们刚刚度过了最为黑暗的时刻。黑马克卷土重来，在教室里搞阴谋，干坏

事。是他，在拉尔夫的历史练习本上乱涂鸦；是他，毁掉了莎拉的全校涂色大赛的参赛作品；又是他，指使鲁比擦掉了拉尔夫试卷上的答案；昨天晚上他又图谋利用马克军团改掉孩子们的考试成绩，妄图把波尔特变成全校最聪明的孩子。"

听到这一席话，拉尔夫的彩色铅笔全都失声惊叫起来。莎拉的彩色铅笔则在一旁会意地点点头。

"在莎拉的彩色铅笔的大力帮助下，我们打败了马克军团。"格鲁普又说。

大家不约而同为莎拉的彩色铅笔热烈地鼓掌，她们自己也把巴掌拍得脆响，给自己鼓掌。

"我们还要感谢几位勇敢的书写工具，是他们挺身而出，揭露了黑马克的阴谋。他们是小不点、波莉和麦克。"

热烈的掌声又一次响起，潘妮使劲拍着巴掌，为朋友们**喝彩**。

"最后，也是最为要紧的，我们要感谢彻底拆穿黑马克邪恶阴谋的一支铅笔，让我们向潘妮致以最诚挚的感谢！"

第三波掌声响起，比前两次更为热烈、响亮。潘妮的脸一下子就红了，她觉得怪难为情的。

盛大的派对一直进行到铃声打响才收尾。大伙儿都要回到各自的笔袋里，为下一节课做准备工作。

"回头见，波莉！"潘妮依依不舍地跟波莉道别。

"**再见**！"波莉冲潘妮扮了个鬼脸，"别忘了，下次有机会做密探的话，一定要叫上我呀！"

在回拉尔夫笔袋的路上，潘妮和麦克兴奋地聊个没完。

"幸好我的铅芯用光了！"麦克说，"跟大伙一起做横幅真快活！我觉得呀，本人做学问不大在行，艺术细胞倒是有一点。要是拉尔夫汗淋淋的手掌不让我老打滑的话，我的艺术作品会更出色！"

"有了！"守在拉尔夫的笔袋拉链口的格鲁普听到麦克的一番话，沉思了一下，眼睛突然一亮，"我们有一样东西，兴许能帮上你的忙。小不点，帮他拿来！"

小不点从笔袋上跳下来，拖着一样东西走到麦克面前，把它套在了麦克的膝盖上。

　　"这是什么玩意儿？"麦克好奇地问。

　　"这是握笔套。"小不点说，"这下好了，不管拉尔夫的手有多湿，你都不会从拉尔夫的手心里滑出来了。"

　　"**吓**！"麦克兴奋地惊呼，"我都等不及让拉尔夫的妈妈买铅芯了。"

　　拉尔夫的手伸进笔袋的时候，铅笔全都静

静地躺在那儿，一动也不动。拉尔夫的手指在笔袋里摸索了一阵子，然后捏住了潘妮，用她上创意写作课。

"祝你上课愉快！"麦克在身后快活地高喊了一声。

"**谢谢**，我会的。"潘妮开心地回应着。自打新朋友麦克入住拉尔夫的笔袋以来，这是潘妮上得最开心的一节课。